Karl Gitterle

Klostergarten

Kriminalroman

INNSALZ

Für mein Team, das mich in Allem unterstützt und für Marlies, die mir nicht nur beim Schreiben den Rücken freihält!

Prolog

In seinen Bildern lässt Franz Marc ein Tier in seiner Umgebung völlig durchdringen, es wird zum integralen Teil im Bild. »Das Reh im Klostergarten« ist so ein Werk des Malers aus dem Jahr 1912, in dem die Natur sich in einen exotischen Urwald aufzulösen scheint. Das Bild hat mich an das Schicksal von Rose erinnert. Ein Klostergarten ist der Wendepunkt im Schicksal der jungen Frau, ein Stoff aus dem Urwald raubt ihr das Leben. Der Beweis für das Verbrechen liegt im Klostergarten vergraben, der Ort, aus dem noch weitere Geheimnisse zutage treten.

1

Wieder ist was passiert. Diesmal ist es ein Anruf vom Stadtphysikus aus dem Kloster im Ort. Claire verständigt die Spurensicherung und bricht sofort auf. Für den Abend nach Dienstschluss hat sie einer Vorbesprechung zu einem Segelkurs zugesagt. Ein Blick auf die Uhr zeigt halb sechs. Vor neun werde ich aus dem Kloster nicht wegkommen, fürchtet sie. Zeit für eine Absage bleibt ihr nicht, weil der Kollege Max sie angemeldet hat, und der hat dienstfrei und geht nicht ans Telefon und für den Moment hat sie Wichtigeres zu tun. Claire parkt aus Sorge um einen Parkschaden an ihrem nagelneuen Dienstwagen etwas abseits. Zwischen zwei Kastanienbäumen erscheint ihr der Parkplatz bestens geschützt.

Auf den Geländewagen ist sie sehr stolz. Das neueste Modell in Silber, mit allem Pipapo, das Auto fährt quasi von alleine und parkt selbständig ein, alles inklusive. Damit hält sie einen respektvollen Abstand vom Wagen des Stadtphysikus, der äußerst nah an der Klosterpforte geparkt hat. Seine Rostlaube ist übersät mit Dellen, eine Folge seines unbesorgten Fahrstils und seiner Kurzsichtigkeit, und lässt bei Beobachtern die Haare zu Berge stehen.

Herr Fritz wird sich schwertun mit seinem Leichenwagen, weil ihm der Doktor wie üblich die Zufahrt versperrt. Claire sucht nach der Klingel, eben als eine schmale Tür

im hölzernen Tor von einer Nonne geöffnet wird. Es vergehen einige Sekunden, von der Schwester kommt kein Gruß. Sie zeigt auf ihren Mund, Claire hat schnell begriffen und kramt etwas verlegen nach ihrer Dienstmarke. Die Klosterschwester ist offensichtlich stumm, wenn nicht sogar taub, vermutet sie und überlässt ihr den Vortritt.
Ihr Weg führt sie am Hauptgebäude des Klosters vorbei, etwas seitwärts auf ein schlichtes älteres Haus mit drei Stockwerken und einem lang gestreckten, steilen Dach zu. Hinter der in Stein gefassten Eingangstür an der Längsseite betreten sie im Halbdunkel einen großen Raum. Der Boden ist mit Tonfliesen ausgelegt. Das Deckengewölbe beginnt in der Krümmung schon an den Wänden, trotz alledem wirkt der Raum recht hoch. Zwei vergitterte Fenster und das verglaste Halbrund über der Eingangstür lassen spärliches Tageslicht durch. An einer Längswand steht eine dunkle Truhe, darüber hängt eine filzbespannte Pinnwand mit dem Aushang von Informationen, die auf Veranstaltungen im Haus hinweisen. Seminare werden hier abgehalten. Eine Klosterschwester erscheint auf das Geräusch des Tores hin, das schwer ins Schloss fällt, im Türrahmen zum Büro der Anmeldung und empfängt Claire und ihre stumme Begleiterin. Eine Frau, die Claire um eine Kopflänge überragt, in der Hand einen Rosenkranz, den sie in ihrem Habit verschwinden lässt. »Ich bin die Ordensoberin, Clarissa mein Name«, stellt sie sich der Beamtin in den Weg. Claire streckt die Hand aus, die Mutter Oberin aber übersieht die Geste. Claire spürt einen kalten Luftzug, der ihr den Rücken entlangströmt, eine Regung, die sie

bei unangenehmen Begegnungen befällt, und nimmt ihre Hand schnell und verlegen wieder zurück. In der Jackentasche kramt sie nach dem Dienstausweis und hält ihn ihr entgegen, als wäre es ein Schutz gegen den bösen Blick.
»Diensthabende Kriminalbeamtin«, sagt Claire und wird prompt unterbrochen.
»Hat die diensthabende Kriminalbeamtin auch einen Namen?«, fragt die Mutter Oberin, die ihre Ungeduld nicht verbergen kann. »Ich bin Claire«, ergänzt sie und lässt etwas provokant den Familiennamen weg. Die Ordensfrau runzelt die Stirn.
»Claire Tobusch, ergänzt sie schnell, sie will keinen Unmut schüren. «Mein Vorname stammt von Klara und nicht von Clarissa.« Das klang etwas schnippisch, ist ihr aber herausgerutscht. Die Frau hat sich schon in Bewegung gesetzt und bedeutet Claire, ihr zu folgen. Im Vorbeigehen knipst sie die Wandbeleuchtung an, die Halle zeigt sich in ihrer ganzen Dimension im kalten, harten Licht.
»Schwester Notburga geht voran«, befiehlt die Oberin und gibt der stummen Mitschwester ein Zeichen, dass sie die Stiege benützen soll, während sie an der Lifttür stehen bleibt. Im dritten Stock angekommen, deutet sie auf die letzte Tür am Flur, die halb offen steht. »Der Arzt ist bei ihr, er hat den Tod festgestellt«, murmelt die Oberin. »Sie ist«, und korrigiert sich, »sie war unsere einzige weltliche Angestellte im Haus.«
Es riecht in diesen alten Gemäuern wie immer nach abgestandener Luft, bemerkt Claire und fingert nach einem Taschentuch.

Sie tritt in ein Mansardenzimmer mit einem Gaubenfenster, alles weiß getüncht. Im Bett liegt eine junge Frau, blond, zugedeckt bis zum Kinn, die Haare sind offen, die Augen geschlossen. Der Kopf ist zur Seite geneigt, der Mund leicht geöffnet. Kein Lebenszeichen.

»Seit wann?«, fragt sie die Oberin. Aber die Oberin ist nicht mitgekommen. Dafür aber die stumme Schwester Notburga, die am Fußende steht und sich dreimal bekreuzigt, ehe sie wieder verschwindet.

Der Arzt grüßt mit einem Kopfnicken. Er trägt eine Maske über Mund und Nase und übergibt Claire Gummihandschuhe, die sie sich überstülpt. Die Assistentin hebt das Laken an, die tote Frau trägt ein Nachthemd, Filzpantoffeln stehen unter dem Bett. Claire verspürt einen heftigen Drang, das Fenster zu öffnen und frische Luft hereinzulassen, aber sie wagt es nicht, etwas im Raum zu verändern, ehe die Kollegen der Spurensicherung ihre Arbeit aufgenommen haben.

Die Tote im Bett mochte etwa dreißig Jahre alt sein. Spuren einer Gewaltanwendung sind nicht sichtbar, zumindest nicht auf den ersten Blick. Keine sichtbaren Verletzungen, keine merklichen Zeichen von Abnormitäten. Plötzlicher Herzstillstand, tippt sie und weiß gleichzeitig, dass der Arzt nicht ohne Grund nach der Kripo hat rufen lassen.

Claire wendet sich mit fragendem Blick an ihn. Er tippt auf die linke Hand der toten Frau und zeigt ihr die Handfläche. »Leichte Schnittwunden an zwei Fingern« erklärt er. »Wäre an sich nicht bedeutend, aber womöglich ist es ein Hinweis auf eine Vergiftung.« Claire schüttelt den Kopf.

»Ich habe nichts verstanden«, sagt sie.
»Die Muskeln sind angespannt, wie es bei Vergiftungserscheinungen häufig ist«, erklärt ihr der Arzt. »Und ich meine damit, es ist keine Lebensmittelvergiftung! Ich schicke sie für weitere Untersuchungen zur Toxikologie in die Gerichtsmedizin.«
Claire ist vorerst beruhigt, weil sie es war, die die Spurensicherung voreilig und schon von unterwegs aus angefordert hat.
Vom Flur her hört sie, dass ihre Helfer angerückt sind. Zwei diensthabende Beamte unterhalten sich etwas lautstark mit der Schwester Oberin, die sich darüber beschwert, dass sich der Trupp nicht bei ihr angemeldet hat und ins Haus stürmte, als wäre es ein Tatort.
Die beiden uniformierten Beamten treten ein, ihre Leute fürs Grobe.
Am Flur haben sie vorauseilend sämtliche Blumen und Bodenampeln in die Fensternischen geschoben, damit Herr Fritz von der Bestattungsfirma den Abtransport ohne Schaden bewerkstelligen kann. »Herr Fritz steht schon am Flur«, berichtet einer der beiden, und zu Claire gewandt: »Dein neuer Wagen hat Dellen abgekriegt. Kastanien vom Baum liegen auf dem neuen Autodach«, bemüht er sich weiter, die Kriminalbeamtin zu erschrecken. Sie sieht ihm schon an, dass er flunkert.
»Seit wann sind Kastanien schon im Frühjahr reif?« ist die schlagfertige Antwort.

»Los, Männer, an die Arbeit«, sagt sie, »sucht alle Nonnen, nehmt ihre Daten auf und befragt sie nach den letzten vierundzwanzig Stunden!«
Beide zücken ihre Notizblöcke, zum Zeichen, dass sie ihren Job längst kennen. Einer hat wie üblich keinen Stift, er bedankt sich mit einem Wink an die Stirn bei Claire, die ihm lächelnd ihren eigenen reicht. »Wo bleiben die Leute von der Spurensicherung?«, fragt sie. »Warten draußen« ist die Antwort, als sie den unüberhörbaren Auftritt der vermummten Truppe vernimmt. »Habt ihr den schon gehört?«, lacht der Arzt übers ganze Gesicht und hat schon mal die volle Aufmerksamkeit der Leute von der Spurensicherung. Nicht nur die blutjunge Begleiterin des Arztes verdreht die Augen, eine Turnusärztin, meist das erste Opfer seiner derben Witze. Sie sammelt die Geräte ein und verstaut rasch die Utensilien in der Tasche, während der alternde Stadtphysikus seinen neuesten Witz zum Besten gibt. »Kennt ihr den Unterschied zwischen einem katholischen und einem evangelischen Pfarrhaus?« Die Polizisten dieser Brigade in weißen Einwegoveralls mit ihren silbernen Koffern wissen, dass sie vor Beginn ihres Einsatzes nicht um den Tageswitz des Doktors herumkommen. Claire indes befürchtet nichts Gutes, stürmt auf den Flur und sieht nach, ob nicht die stumme Klosterschwester oder die Schwester Oberin mithört. Denn seine Witze sind ohnehin nicht salonfähig.
Claire hat die Pointe versäumt und zuckt zusammen, weil der Arzt lauthals lacht, was selbst für den stoischen Herrn Fritz angesichts des traurigen Umstandes und nicht

zuletzt des klösterlichen Umfeldes wegen unerträglich ist.
Herr Fritz, die treue Seele der Bestattungsunternehmerin, steht schon mit seiner Helferin und einem Zinksarg am Flur parat.
Claire deutet aufs Handy, der vermummte Fotograf nickt, er hat sein Stativ schon aufgestellt.
Auf einem schmalen Tisch an der Wand liegen einige Utensilien. Unauffällige Dinge: ein Mobiltelefon, ein Armband in Silber, ein Ring, ein Ladekabel, eine Geldbörse mit Plastikkarten, Münzen in einem Schüsselchen, ein paar Geldscheine, Kassenbelege, ein Autoschlüssel. Bücher sind zu einem Stapel geschlichtet, ein Romanheft, wie man es im Bahnhofsbüchereiladen bekommt, liegt obenauf. Eine Streichholzschachtel, eine Packung Zigaretten Milde Sorte und ein Porzellanaschenbecher, unbenützt.
Am Bett ein umfunktionierter Stuhl als Ablage für eine Leseleuchte und ein Wasserglas, daneben eine geöffnete Packung mit Aspirintabletten. Das Zimmer ist äußerst nüchtern eingerichtet. Das Mobiliar ist dunkel, alt und zusammengewürfelt. Außer dem ungewöhnlich hohen Bett gibt es einen breiten Schrank mit zwei Türen, innen umgebaut mit rohen Brettern, um Kleider aufhängen zu können. Eine Leuchte hängt an einer messingfarbenen Stange von der Decke. Vor dem einzigen Fenster hängt ein Verdunkelungsrollo, halb heruntergezogen.
Die Spurensicherung nimmt die Arbeit auf, Claire empfindet die Raumtemperatur als zu warm, öffnet am Flur ein Fenster und fischt eine Zigarette aus ihrer Jackentasche. Herr Fritz kennt Claires geheime Leidenschaft und springt

eilends mit einem Feuerzeug zu Hilfe. Der Arzt stellt sich dazu und füllt ein Formular am Klemmbrett aus, seine Begleiterin tippt in ihr Handy und scheint etwas im Netz zu suchen.

»Die Muskeln im Körper sind angespannt«, wiederholt der Arzt. »Das deutet auf eine starke Vergiftung hin. Eine blutende Wunde war nicht zu entdecken, aber an den Fingern der linken Hand sind dünne Schnitte wie von einem zerbrochenen Glas oder einer Verletzung, die vermutlich von Gartenarbeit stammt.« Er schüttelt den Kopf. Das bedeutet, dass die Todesursache für ihn nicht eindeutig feststeht. Zu Claire hin sagt er leise, nachdem er die stumme Klosterschwester in einer Türnische entdeckt hat: »Beginnen Sie gleich mit Ihrer Arbeit«, und es klingt eindringlich, beinahe verschwörerisch.

»Ich brauche euren Bericht morgen früh für die Besprechung beim Chef«, sagt Claire zu den uniformierten Beamten, die sie am Ausgang antrifft. »Ihr wisst, was die Überstellung nach Innsbruck bedeutet!« Auf ihre Kollegen ist Verlass. Claire sieht auf ihre Armbanduhr, es ist exakt zwanzig Uhr. »Und ich brauche die Daten der toten Frau. Angehörige, Telefonnummern, Adressen. Ich bin um siebzehn Uhr dreißig angekommen«, ruft sie ihnen nach, »fünfzehn Minuten nach dem Anruf des Arztes.«

2

Am nächsten Morgen ist Claire zum ersten Service für den neuen Wagen angemeldet, sie kommt erst gegen zehn auf den Posten zurück. Die Spurensicherer haben ganze Arbeit geleistet, alles ist fein säuberlich fotografiert und dokumentiert. Trotz der spärlichen persönlichen Gegenstände im Zimmer ist es ein stattlicher Akt, der ihr vorgelegt wird. Der Arzt hat angerufen und ihr den Totenschein übermittelt. »Dieser Tod ist ein mysteriöser Fall«, meint er und kurz bevor Claire schon auflegen will, während sie sich wundert, dass der obligate Tageswitz ausbleibt: »Halt, die Pointe zur gestrigen Ausgabe, die haben Sie versäumt.«
»Der Unterschied in den Pfarrhäusern?«, erinnert sich Claire.
»Ja«, lacht er lautstark.
»Beim katholischen Pfarrhaus hängen die Windeln hinter dem Haus!«
Er prustet ins Telefon und weil sein Lachen ansteckend ist, muss Claire einfach mitlachen.

Im Aufenthaltsraum des Bezirkspolizeikommandos herrscht ein reges Kommen und Gehen. Es muss am Wetter liegen oder am Luftdruck, Claire empfindet, dass es heute ungewohnt hektisch zugeht.
Es sollte nur eine kleine Kaffeepause werden, die sie hierhergeführt hat, jetzt aber verdrückt sie die Pizza eines Kollegen.

Ein junger Beamter hat seine Pizza aufgewärmt, wird aber über Funk zu einem dringenden Einsatz wegen eines Verkehrsunfalls gerufen. Der Kollege schiebt Claire seine Pizza hin. »Guten Appetit«, sagt er und deckt Besteck und Serviette auf, ehe er in der Türöffnung verschwindet. »Herzlichen Dank«, ruft ihm Claire nach, »ich stell dir ein Kuchenstück an deinen Schreibtisch.«
Am Kopfende des großen Tisches ist ein anderer Kollege schon einige Zeit mit dem Lesen der Wochenzeitung beschäftigt, zwischendurch berichtet er einem Anrufer von einem Artikel, der sein Interesse geweckt hat.
»Es wäre ein Lottosechser, wenn sich herausstellt, dass die Bilder echt sind«, sagt er zu Claire. Sie überfliegt die Schlagzeile der Woche und sucht den Bericht, der sich mit der Zeichnung eines jungen Mädchenkopfes auf der Titelseite ankündigt, einem vermutlich uralten Stich auf vergilbtem Papier.
»Eine merkwürdige Geschichte«, sagt Claire und schüttelt den Kopf.
»Mein Schwager ist Kunsthistoriker«, sagt der Mann vom Kopfende her. »Das Studium hat er mit Bravour abgeschlossen. Er ist ein heller Kopf, aber es ist eine brotlose Kunst. Ich habe ihm grad am Telefon von dem Artikel berichtet. Er war's, der die Geschichte ins Rollen gebracht hat!«
»Darf man als Bürger der Stadt wissen, was die Volksseele erschüttert?«, fragt einer, der dazustößt und bekanntermaßen zu viel Zucker in den Kaffee schüttet. Nachdem der Kollege an der langen Tischseite die Zeitung nicht

herauszurücken scheint, sieht sich Claire gezwungen, eine kurze Zusammenfassung des Berichtes wiederzugeben.
»Ein Student hat am Altwarenmarkt in Innsbruck ein Bild mit der Zeichnung eines Mädchenkopfes gekauft, für ein paar lumpige Euro, und er hat es einem Kunstgeschichteexperten gezeigt. Der hat dann hat das Bild untersucht und ein weiteres auf der Rückseite entdeckt, dort war es versteckt. Das Bild von dem Mädchenkopf soll eine Zeichnung eines gewissen Cennino Cennini aus der Renaissancezeit sein, um 1400 entstanden, so zumindest steht es im Artikel der Zeitung. Das Bild auf der Rückseite soll eine Papierarbeit von Ernst Ludwig Kirchner sein, mit säurefreien Klebestreifen hinter der Zeichnung versteckt. Der Experte meint, wenn sich herausstellt, dass beide Bilder echt sind, hätten sie einen Wert von mehreren Millionen, ein Lottosechser eben. Er hat dringend weiterführende Untersuchungen empfohlen, die aber sind aufwändig und teuer. Er hat angeregt, eine Spendenaktion unter den Lesern der Wochenzeitung ins Leben zu rufen, damit eine endgültige Untersuchung durchgeführt werden kann. Und das hat vermutlich den Ausschlag dafür gegeben, dass der Artikel heute erschienen ist.«
Der Mann vom Kopfende nickt zustimmend. »Gut wiedergegeben, Claire.« Er packt die Zeitung unter den Arm und spaziert hinaus.
Es ist Freitag, kurz nach Mittag, und das Wochenende ist nicht mehr fern.
Für morgen hat sich Claire für einen Segelkurs verabredet: Treffpunkt ist der Achensee zu einer kurzen Einführung

in die Welt des Segelns, und ab Mittag geht es weiter für praktische Übungen. Eine Anleitung für die wichtigsten Knoten an den Seilen hat ihr Kollege Max heruntergeladen und ausgedruckt, das will sie abends lernen und üben. Aufmerksam wie immer, hat Max ein Seil besorgt und es ihr augenzwinkernd übergeben. Claire ist berührt, wie Max sich um sie kümmert.

Für den Nachmittag aber hat sie einen Besuch bei der Schwester der verstorbenen Frau aus dem Kloster angesetzt.

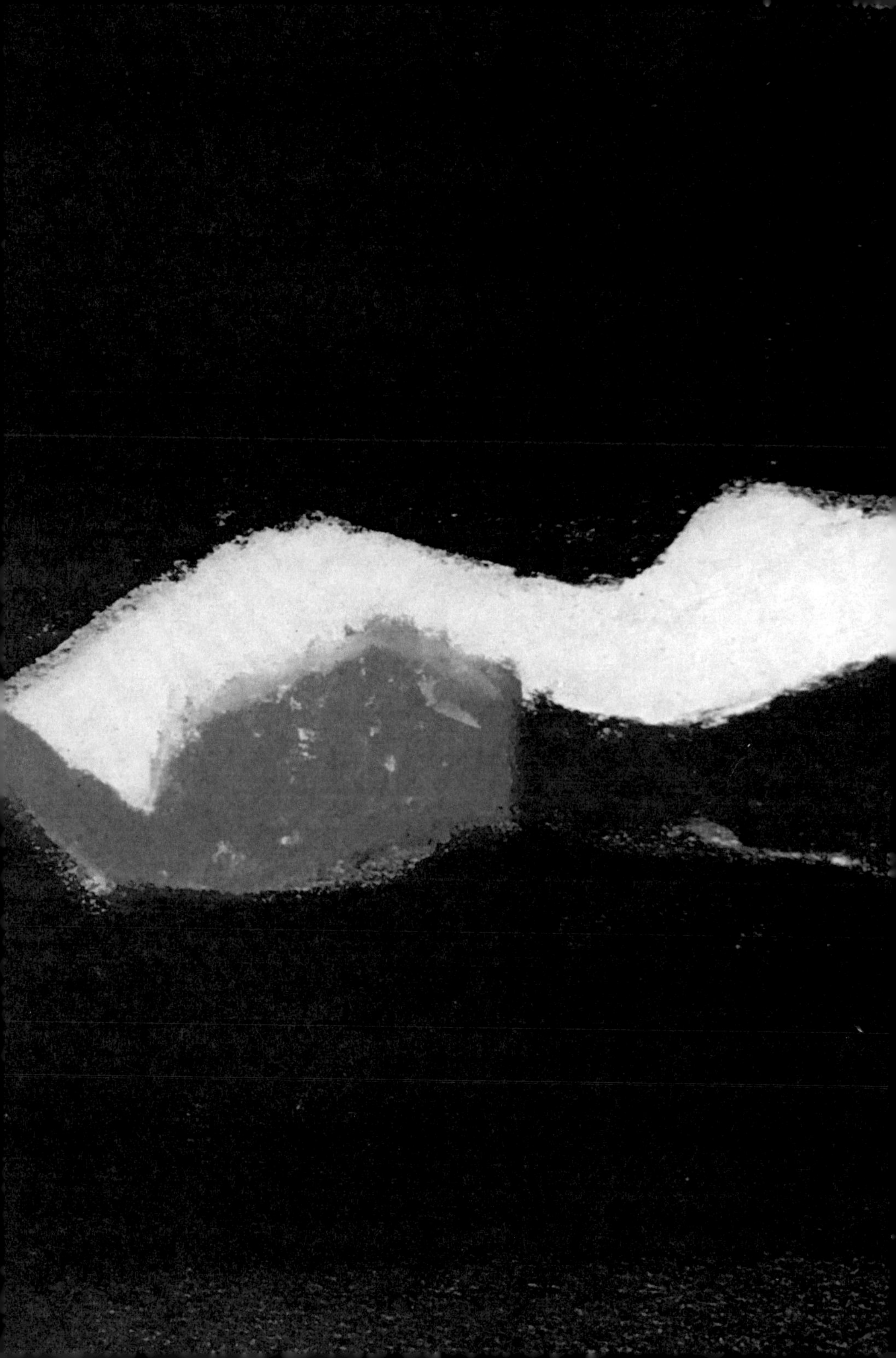

3

Claire bleibt in der Hauseinfahrt stehen. Es ist das letzte Haus des Ortes, die schmale Straße verliert sich im nahen Wald. Es ist ein älteres Haus mit einem großen, grün lackierten Tor, einige Stufen führen zum Eingang hinauf. Das obere Stockwerk ist aus Holz mit schweren dunklen Balken gebaut, die Fenster mit den vielen Sprossen sind weiß lackiert.
Auf ihr Läuten öffnet sich ein Fenster, eine Frau winkt und kommt ihr entgegen.
»Ich bin Claire«, stellt sich die Beamtin vor. »Wir haben miteinander telefoniert.«
»Normalerweise ist die Tür offen«, entschuldigt sich die Frau, »aber vor einiger Zeit hatte ich Besuch von einem Fremden, eine sehr eigenartige Begegnung, seither sperre ich auch tagsüber ab«, erklärt sie entschuldigend.
Für Claire ist es völlig unverständlich, Türen nicht abzusperren, selbst tagsüber.
»Warum lassen Sie die Haustür offen und unversperrt?«, fragt Claire.
»Wir leben am Land, da ist es so Brauch und Sitte«, sagt die Frau, sie geht voran und führt Claire in einen hellen Wohnraum im ersten Stock, gleich darauf bringt sie ein Tablett mit Kaffee und Gebäck aus der Küche.
»Ich bin Antonia. Die Mutter Oberin hat mir gestern am Nachmittag die traurige Nachricht übermittelt. Es ist völ-

lig unverständlich, so plötzlich und unerwartet, ich bin zutiefst schockiert, der Tod meiner Schwester kommt aus heiterem Himmel.«
Die Frau hat rotgeweinte Augen, greift nach einem Taschentuch und wischt sich ihre Tränen ab.
»Warum ist das geschehen? Gibt es neue Erkenntnisse?«, fragt sie eindringlich. Claire holt eine Mappe aus ihrer Tasche.
»Laut ärztlichem Bericht ist die Todesursache für den Stadtphysikus nicht eindeutig feststellbar. Er vermutet so etwas wie eine Vergiftung, deshalb hat er Ihre Schwester zur weiteren Untersuchung in die Gerichtsmedizin überstellen lassen.
Wir erwarten bis spätestens Montag einen endgültigen Befund über die Ursache ihres Todes. Zur Person Ihrer verstorbenen Schwester bräuchte ich einige Angaben, bitte werfen Sie einen Blick auf das Datenblatt, damit wir wissen, ob es vollständig ist.«
Sie sucht ihre Brille und legt das Papier auf den kleinen runden Tisch mit der blütenweißen Tischdecke.
»Alle Angaben sind korrekt«, seufzt sie, während sie weitere Tränen abwischt.
»Wann kommt sie zurück, ich meine, wann wird sie überstellt?«
»Es wird nicht vor Montag sein. Ich gebe ihnen die Nummer des Beerdigungsinstitutes, das mit der Überführung beauftragt wurde. Sie werden die Bestattung planen wollen.«
»Den Pfarrer habe ich angerufen. Er meinte, es werde sicher einige Zeit dauern, bis sie freigegeben wird.«

Claire legt ihre Hand auf den Unterarm von Antonia, als sich eine neue Tränenattacke ankündigt, und fischt ein Taschentuch aus der Jacke.
»Es steht Ihnen frei, einen Bestatter Ihrer Wahl mit der Beerdigung zu betrauen«, ergänzt Claire.
Antonia winkt ab.
»Erzählen Sie mir von Ihrer Schwester«, bittet Claire. »Gibt es noch weitere Geschwister?«
Es dauert, bis die Tränen getrocknet sind.
»Wir beide sind die einzigen Kinder«, beginnt sie.
»Unsere Mutter ist vor dreizehn Jahren verstorben, der Vater vor zehn Jahren.«

Claire blickt hinüber zum Sideboard mit den vielen Fotografien, die in hübschen Rahmen aufgestellt sind.
»Rose ist die Jüngere von uns beiden, wir haben vor einigen Wochen ihren fünfunddreißigsten Geburtstag gefeiert.«
Claire versucht, aus dieser Entfernung die Gesichter auf den Fotografien zu erkennen. Die verstorbene Schwester hat sie in einigen der Rahmen ohne die Brille erkannt, die sie neuerdings in ihrer Tasche mitführt.
Die anderen Abgebildeten kennt sie nicht, ahnt aber, dass eine der Frauen die Mutter sein muss, und auch den Vater glaubt sie erkannt zu haben, als uniformierter Soldat auf einer vergilbten Abbildung.
»Das war der Großvater, als er vom Krieg heimkam«, sagt Antonia. »Unser Vater ist Anfang der Dreißigerjahre geboren.«
Claire legt das gerahmte Bild zurück.

»Mit vollständigem Namen heißt meine Schwester Rosamunde Heidemarie, wir haben ihren Namen abgekürzt auf Rose. Im Dorf kennt man sie nur als die Rose Chrysant, das ist nämlich unser Hausname.
Rose hat als Verkäuferin im Lebensmittelladen gearbeitet, dort war sie bereits in der Lehre.
Vor etwa fünf Jahren hat der Laden im Dorf zugesperrt, es gab keine Nachfolger, die Kaufleute sind in Pension. Der Laden war veraltet, es wurde nie investiert. Rose hat nach längerer Suche nach einer Beschäftigung bei den Schwestern im Kloster eine Arbeitsstelle gefunden. Erst war sie Zimmermädchen im Seminaristenhaus, dann kam sie in die Klosterküche. Dort ist sie aufgeblüht. Im Kloster hat sie ein Zimmer gehabt, weil sie den Dienst meistens erst spätabends beenden konnte und morgens wieder für das Frühstück zuständig war. Die freien Nachmittage nutzte sie im Klostergarten zum Lesen und Lernen. Sie wollte die Matura nachholen.«
Claire fällt ein, dass sie zwei Taschen, gefüllt mit dem persönlichen Besitz aus dem Schrank im Zimmer der Verstorbenen, im Wagen mitführt.
»Die Mutter Oberin hat uns Kleider und persönliche Sachen Ihrer Schwester mitgegeben, die ich bei Ihnen abgeben soll.«
Antonia zündet sich eine Zigarette an, öffnet die Fenster weit, Claire übergibt ihr die beiden Reisetaschen.
»Die Spurensicherung hat die Gegenstände aus dem Zimmer unter die Lupe genommen. Bitte kontrollieren Sie, ob alles vollständig ist oder ob etwas fehlt.«

Antonia öffnet die Taschen, leert den Inhalt in einen gepolsterten Stuhl, sie scheint nachzudenken, wühlt im Stapel der Kleidung ihrer Schwester.
»Haben Sie das Bild nicht mitgenommen?«, fragt sie. Claire hebt die Augenbrauen.
»Ein Bild?«
»Rose hat ihr Lieblingsbild mit ins Kloster genommen. Es hängt im Klosterzimmer.«
Claire schüttelt den Kopf.
Antonia nimmt eine gerahmte Fotografie vom Sideboard, eine Schwarzweißfotografie.
»Sehen Sie, auf dem Foto sieht man ein Bild, das über dem gekachelten Ofen im Hintergrund an der Wand hängt, rechts von der blonden Frau. Das ist genau der Raum, in dem wir heute sitzen, selbst der Ofen ist noch wie früher.«
»Das Bild im Hintergrund?«
»Ja, die beiden Herren sind unser Großvater und sein Bekannter aus München, der jüngere Mann im Vordergrund ist Vater. Etwas dahinter, die blonde Frau, das ist die Gemahlin des Münchner Bekannten. Und die Frau mit den dunklen Haaren ist unsere Mutter. An der Wand dahinter eine gerahmte Zeichnung, mit Mühe zu erkennen, das ist das Porträt eines Mädchens.«
»Das ist ein Porträt von Rose?«, fragt Claire. Antonia schüttelt den Kopf.
»Das ist eine Zeichnung von einem Mädchenkopf. Rose hat, obwohl sie ja die Geschichte kennt, wie das Bild zu uns gekommen ist, scherzhaft immer behauptet, es sei ihr Porträt. Rose wollte es auch im Kloster nicht missen. Ein

Stück Heimat, hat sie gesagt und hat es mitgenommen.«
Das Porträt des Mädchens erinnert Claire plötzlich an den Bericht in der Wochenzeitung. Sie sucht am Handy und findet den Artikel.
»Ja, das ist es!«, ruft Antonia. »Das ist das Bild vom Trödelmarkt, unser Bild, das im Zimmer von Rose hängen sollte«, stellt Antonia fest. »Daran habe ich keinen Zweifel. Ich nehme an, man hat es ihr gestohlen, und so ist es zum Antiquitätenmarkt gekommen.«
»Die Geschichte um das Bild möchte ich mir gern anhören«, sagt Claire. Aus ihrer Tasche entnimmt sie den Akt mit dem Bericht der Spurensicherung, wo die Fotoaufnahmen eingefügt sind. Ein Blick auf die Fotos lässt aber kein Bild an der Wand im Klosterzimmer erkennen.
»Ich werde bei meinen Kollegen nochmals nachfragen. Gerne kümmere ich mich darum«, verspricht Claire.
»Danke, das ist aufmerksam«, sagt Antonia. »Das Bild hat für mich einen mehr als großen Wert. Nicht finanziell, verstehen Sie, mehr ideell. Es hat mit der Geschichte unseres Großvaters zu tun. Er hat es nach dem Krieg von einem Bekannten bekommen.«
»Erzählen Sie nur, ich habe Zeit«, sagt Claire und nimmt das Angebot frischen Kaffees gern an.
»Großvater ist nach seiner Beinamputation aus dem Krieg heimgekommen. Er war in einem erbärmlichen gesundheitlichen Zustand, die Wunden der Amputation verursachten ihm lange große Schmerzen. Sie verheilten erst nach und nach, mehrmals wurde er operiert, das Bein jedes Mal kürzer. Was ihn über seine Phantomschmerzen

hinaus aber beschäftigte, war, dass er nicht Ski fahren und nicht mehr in den Bergen herumklettern konnte. Nur das Schwimmen ist ihm geblieben, eine Leidenschaft, die uns jeden Sommer nach Italien führte, in einem elendskleinen Wohnwagen.« Antonia lächelt bei der Erinnerung an die verbrachten Ferien mit den Großeltern.

»Vor dem Krieg war er Berg- und Skiführer, er hat Touristen auf die Gipfel geführt, oftmals junge, wilde Kerle, die für ein Wochenende eigens aus München gekommen waren. Einer dieser jungen Bergfexe hat unseren Großvater nach dem Krieg besucht. Er war bis auf die Knochen abgemagert, das hat uns Großmutter erzählt. Sie haben ihn für ein paar Tage aufgenommen und verpflegt. Für die Heimreise hat er ihm seine eigene Lederhose mitgegeben und seine einzige Sonntagsjacke. Sie müssen wissen, der Besucher war als Soldat in russische Gefangenschaft geraten und deshalb erst spät heimgekehrt. Den ganzen Weg von Russland bis nach Hause hat er zu Fuß zurückgelegt. Bei einem seiner Besuche hat er unseren Großeltern ein Bild mitgebracht, das Porträt eines Mädchens in einem schmalen, goldenen Rahmen. Auf der Rückseite war der Stempel einer Münchener Werkstätte zu sehen, daran kann ich mich erinnern, weil wir als Kinder öfters Nachrichten dort versteckt haben, die nicht für unsere Eltern bestimmt waren. Mutter hat uns erzählt, dass es eine wertvolle alte Zeichnung aus der Renaissancezeit ist, mit dem Silberstift gezeichnet, vom Künstler wissen wir aber nichts. Der Bekannte aus München hat Vater bei einem seiner letzten Besuche vor dem Tod von Großvater erzählt, wie er zu dieser Zeichnung gekommen ist. Ich kann mich an eine Unterhaltung erinnern, bei der die Geschichte des langen Fußmarsches von Russland zur Sprache kam. Sepp, so hat der Bekannte des Großvaters geheißen, hat durch einen Mithäftling von einem Versteck mit geraubter Kunst erfahren. Auf seinem Marsch zurück aus Russland hat er in Polen in einer Kirche das Versteck gefunden, die Zeichnung zusammengerollt und trotz aller Widrigkeiten heil heimgebracht. Dabei musste er mehrmals Flüsse durchschwimmen, mit seiner Kleidung am Kopf. Aus Dankbarkeit für die Hilfe hat er das Bild meinen Großeltern geschenkt. Er meinte, es sei überaus wertvoll. Heute denke ich, er hätte es damals selber bitter nötig gehabt, das Bild zu Geld zu machen, aber nach dem Krieg gab es vermutlich nur wenige Menschen, die in Bilder investieren konnten.«

»Haben Sie Kontakt zu diesem Mann?«

Antonia schüttelt den Kopf. »Er ist schon längst verstorben. Die Besuche wurden mit der Zeit immer seltener und haben nach dem Tod der Großeltern ganz aufgehört. Nach dem Krieg hat der Mann einen Lehrstuhl an einer Universität innegehabt, hat ein eigenes Büro geführt, viele berühmte Bauten stammen von ihm. Das hat uns Vater über ihn erzählt.«

Claire notiert den Namen.

»Darf ich das Foto mitnehmen«, fragt Claire, »auf dem im Hintergrund das Mädchenporträt zu sehen ist?«

»Ja, gern, wenn es nützt, das Bild wiederzubeschaffen.«

»Es ist Zeit, aufzubrechen«, meint Claire mit einem Blick auf ihre Armbanduhr. »Es ist bald halb sieben Uhr. Wann war der unheimliche Besuch?«, fragt sie an der Tür. »Das war vor etwa einer Woche. Ich war allein daheim, Rose war im Kloster. Ich habe ihr nichts von der Begegnung erzählt, sie ist... sie war so ängstlich«, korrigiert sich Antonia. »Und was genau war der Grund für ihr Unbehagen?« »Er hat gesagt, er sei ein spanischer Priester auf der Durchreise und auf der Suche nach landestypischen Devotionalien. Er wolle damit ein Museum in seiner Heimat unterstützen, das christliche Zeugnisse der Frömmigkeit aus aller Welt sammelt. Anfangs war er mir vertrauenswürdig erschienen. Ich habe ihm einen Kaffee angeboten, denn ich habe ihn ja mitten im Wohnzimmer angetroffen, weil doch die Haustüren bei uns am Land immer unversperrt sind. Aber plötzlich hat sich in mir etwas gesträubt, ich kann es nicht erklären, aber heute denke ich, dass das nie und nimmer ein Geistlicher war.« »Versuchen Sie, sich an das Gesicht des Besuchers zu erinnern, an eine Besonderheit seiner Statur. Rufen Sie mich an, wenn Sie nähere Angaben machen können. Ich werde nachschauen, ob sich bei uns unter dieser Zeitangabe etwas finden lässt.«

Claires Rückweg führt sie direkt in ihre Wohnung. Unter dem Arm klemmt die Lernmappe mit den Erklärungen von Max. Sie ist froh, dass sie niemandem begegnet, wegen des Seils in der Hand.

4

Der Anruf von Korbinian ist eine willkommene Abwechslung, er beendet in Kürze seine Ausbildung zum Piloten bei der Polizei.
Den Alpinpolizisten hat sie im tief verschneiten Winter kennengelernt, damals war das Tal wegen Lawinengefahr gesperrt und nur mehr mit dem Hubschrauber erreichbar. Die frisch ausgebildete Kriminalistin musste einen Lawinentoten in die Gerichtsmedizin überstellen, weil der Arzt eine andere Ursache für den Tod des Mannes vermutete. Die weiteren Ermittlungen gestalteten sich langwierig. Erst bei privaten Recherchen zusammen mit Korbinian und immer im Grenzbereich zur Illegalität konnte der Täter in einer dramatischen Aktion gestellt werden.
In einem zweiten Fall half sie, zusammen mit Korbinian auf Anordnung des Polizeipräsidenten, einen Promi aus der Schusslinie von Geheimdiensten zu bringen. Selbst ihre Großmutter war in die Aufklärung der seltsamen Todesfälle eingebunden. Vom Urheber der Verbrechen wurde diese in einer Garage in eine Ölgrube befördert.

Korbinian hofft, dass er nach Abschluss seiner Ausbildung Chancen auf eine Versetzung nach Tirol hat, wo ein Stützpunkt für Fluggeräte errichtet werden soll. Damit wären sie sich ein gutes Stück näher.
Claire ist erfreut über diese Nachricht.

Spätestens am nächsten Morgen ist ihr klar, dass sie ihre Pläne für das Wochenende am See verschieben muss. Das vermisste Bild geht ihr nicht mehr aus dem Kopf, deshalb sitzt sie in aller Früh schon an ihrem Schreibtisch und studiert die Aufnahmen des Polizeifotografen vom Zimmer der verstorbenen Rose. Auf den Fotos ist kein Bild zu sehen, das ja eigentlich an der Wand hängen sollte. Bei genauem Hinsehen und einer entsprechenden Vergrößerung ist aber unschwer zu erkennen, dass die Wandfarbe an der Stelle um einiges heller ist, wo ein Bild gehangen haben muss.

Das ist ein Grund für einen neuerlichen Besuch im Zimmer der Verstorbenen. Claire ist auf dem Weg zum Kloster.

Samstag, acht Uhr, eine Glocke läutet von der Kirche herüber. Es dauert einige Zeit, bis die Klosterpforte geöffnet wird. Die stumme Schwester Notburga öffnet und führt sie ins Seminarhaus, in das letzte Zimmer am Gang im dritten Stock.
An der Wand hängt das Bild, das die Schwester der Verstorbenen vermisst hat. Claire wundert sich, wo es doch zum Zeitpunkt, als die Spurensicherung ihre Arbeit aufgenommen hat, nicht im Raum hing. In einen krakelig lackierten Rahmen und ein Passepartout ist das Porträt des Mädchens gerahmt, genauso wie auf der Titelseite der Wochenzeitung. Claire ist fasziniert von der Darstellung, ahnt, dass es sich um eine geheimnisvolle Arbeit handelt. Auf der Rückseite ist der Stempel einer Rahmenwerk-

stätte zu erkennen. Die Ähnlichkeit des Porträts mit der Abbildung aus der Zeitung ist frappierend, die Rahmung passt zum Foto, das sie von Antonia mitgenommen hat. Es dürfte heruntergefallen sein, unter den Kasten gerutscht oder unter den Tisch an der Wand.
Fünfunddreißig mal fünfundvierzig Zentimeter, notiert sie in ihr Notizbuch, recht stolz, dass sie das ohne Metermaß richtig geschätzt hat. Dann aber entschließt sie sich, das Bild nicht mehr an den Nagel zu hängen, nein, sie nimmt es mit, da hilft auch nicht, dass die stumme Notburga beim Anblick des Bildes unter ihrem Arm die Hände über dem Kopf zusammenschlägt, wie um zu sagen, es sei doch Eigentum des Klosters.

Montagfrüh wird ihr der Befund aus der Gerichtsmedizin vom Chef kommentarlos übermittelt.
Tod durch Vergiftung steht im Kurztext, eine Erklärung zum Giftstoff, der identifiziert wurde, ist angehängt. Claire braucht schon mal einige Anläufe, um sich das entdeckte Gift merken zu können, macht Recherchen im Internet über das »Batrachotoxin«. Seinen Weg in die Blutbahn muss es wohl oder übel über die Schnittwunden in den Körper genommen haben. Batrachotoxin ist das Gift von Pfeilgiftfröschen. Das klingt sehr exotisch, sie kann es kaum glauben.
Gift von Fröschen, die nur in einem kleinen Gebiet des kolumbianischen Urwaldes vorkommen, steht im Bericht. Oder von Fröschen aus einem Terrarium, denkt Claire.

Und wie kommt Rose zu diesem Gift? Hat nicht Antonia erzählt, dass ihre Schwester ihre freie Zeit gern im Klostergarten verbrachte?
Die Spurensicherung hat keine Hinweise auf Pharmaka gefunden, bis auf harmlose Aspirintabletten. Claire beschließt, die Leute von der Spurensicherung nochmals in den Klostergarten zu schicken, um nach exotischen Pflanzen zu suchen und um sicherzugehen, dass sich dort keine winzigen Frösche angesiedelt haben.
»Alle weiteren Untersuchungen gehen damit in zwei Richtungen«, sagt ihr Chef, Claire nickt: *Suizid oder Mord!*

An der Bürotür steht Luis P., der Schwager ihres Kollegen. Claire hat ihn noch am Samstag angerufen und ein Treffen für heute vereinbart. Herein tritt ein Mann Ende fünfzig, schütteres Haar, mit einem faltenfreien Gesicht. Der Kunsthistoriker streckt ihr seine Visitenkarte entgegen, dreifacher Magister und ein Doktortitel. Claire schmunzelt, die Titel hätte sie ihm nicht zugetraut, rein vom Äußeren hat sie ihn als Taxifahrer eingestuft oder als Wirt.
So kann man sich täuschen, denkt sie und serviert ihrem akademischen Besucher einen Espresso. Dann holt sie das Bild vom Zimmer der toten Rose und legt es vor ihn auf den Tisch. Sein Schmunzeln gerät zu einem breiten Grinsen.
»Das ist die zweite Begegnung mit ein und demselben Mädchenkopf innerhalb von ein paar Tagen«, erklärt er. »Ich habe ja das Bild des Studenten untersucht, das er

auf dem Trödlermarkt gekauft hat. Und dabei noch ein zweites Bild an der Rückwand entdeckt. Ein Bild eines Künstlers aus der NS-Zeit. Es stammt übrigens von einer Dachbodenräumung. «

»Die Zeitungsnachricht vom Freitag«, wirft Claire ein, »ich habe das gelesen.«

»Und woher stammt das hier?«

Claire bemüht sich, die Geschichte in kurzen Worten zu schildern.

»Ich nehme es mit und bring es morgen wieder«, sagt der Kunsthistoriker.

»Nein«, protestiert Claire, »das geht gar nicht. Es ist beschlagnahmt, quasi ein *Corpus Delicti*, Sie müssen es hier untersuchen! Ich stelle Ihnen einen Arbeitsplatz zur Verfügung. Hier am freien Schreibtisch vor dem Fenster können Sie gleich beginnen. Das Telefon steht für Sie bereit und ein Laptop mit Internetzugang. Wenn Sie sonst noch etwas brauchen, werden wir es Ihnen prompt liefern.«

Luis P. ist kein Mann mit Starallüren. Er wechselt gleich hinüber zum freien Schreibtisch, den Laptop und das Telefon schiebt er zur Seite. Aus seinem Rucksack packt er sein eigenes Gerät aus und sucht sich eine freie Steckdose. Claire reicht er ein paar Baumwollhandschuhe. Das Bild legt er mit der Rückseite nach oben auf den Tisch, misst es ab, macht ein Handyfoto und holt ein scharfes Cuttermesser hervor. Claire beobachtet ihn von der Seite. Mit einer altmodischen Füllfeder schreibt er in sein Notizheft. Die Kartonrückwand trennt er vorsichtig ab und zer-

schneidet dabei den braunen Klebestreifen. Ein Stück dieses Streifens klebt er auf ein separates Blatt Papier. Dann folgt wieder eine Fotoaufnahme, diesmal hält er den Meterstab an den Rahmen.
Claire erscheint diese Arbeitsweise als umständlich. Er ist bedacht, aber nicht langsam, dokumentiert jeden Arbeitsschritt, bis er dann endlich das Porträt in der Hand hält. Ein schmales Passepartout muss er noch abtrennen, dann liegt das Bild auf dem Tisch.
Claire ist neugierig und dreht es um.
»Neunzig Gramm je Quadratmeter«, schätzt Luis P. Er zwinkert mit einem Auge und betrachtet abwechselnd die Vorder- und die Rückseite, Claire versteht nicht, was er damit sagen will. Er hält die Zeichnung mehrmals gegen das Licht, prüft mit Daumen und Zeigefinger immer wieder die Papierqualität.
»Eine Fotokopie«, sagt Luis P. trocken, »eine Farbkopie.«
Claire blickt auf die Uhr. Wenn ihr die Untersuchung auch etwas zu lang gedauert hat, kommt dieses Urteil dann doch unerwartet. Sie hebt die Augenbrauen. »Eine Fälschung?«
»Eine schlichte, vor Tagen oder Monaten angefertigte Fotokopie aus einem Standardkopierer. Beachten Sie die Stelle ganz links oben: Mit meiner Lupe habe ich eine Besonderheit am linken Längsrand entdeckt, eine Macke, wie sie nur ein bestimmter Fotokopierer ausgibt. Eine Unsauberkeit am Glas kann es sein oder eine Unreinheit am Zylinder des Gerätes. Eine spannende Aufgabe für Sie, herauszufinden, aus welchem Kopierer diese Kopie stammt.«

Claire blickt etwas ungläubig.
»Zudem wurde die Kartonrückwand vor einiger Zeit vom Rahmen gelöst. Das Klebeband ist neueren Datums, kein Jahr alt. Es ist zwei Zentimeter breit. Spuren von einem älteren Klebeband, einem ehemals weißen oder gelben Papier mit säurefreiem Kleber habe ich am Rahmen entdeckt, etwa doppelt so breit.«
»Wie können Sie behaupten, dass es Fotokopierpapier sein könnte?«, fragt Claire, noch immer ungläubig.
»Neunzig Gramm, das Wasserzeichen ist unübersehbar. Die Marke verwende ich auch.«
»Dann ist es ausgetauscht worden, das Bild!«, wiederholt Claire, mehr zu sich selbst.
Es läutet, sie nimmt den Hörer ab. Der Anruf kommt aus dem Männerkloster. Ein Pater meldet den Verlust eines Engels in der Klosterkirche.
»Hochsaison in den Klöstern der Stadt«, murmelt Claire und macht sich eine Notiz.

5

Claire sitzt an ihrem Schreibtisch und liest ihre Mails. Ein Kollege bringt einen Brief von der Mutter Oberin, eine Beschwerde über die Beschlagnahme des Bildes aus dem Zimmer von Rose. Die Oberin beklagt sich, dass Claire während der Samstagmorgenmesse ins Kloster »eingedrungen« sei, eine Zeit, in der sie unabkömmlich und verhindert war. Und dass die Polizistin Klostereigentum ohne Ankündigung und Einverständnis mitgenommen, ja entwendet habe. Zudem macht sie ihrem Ärger darüber Luft, dass Beamte im Klostergarten Ausschau nach exotischen Fröschen gehalten haben und nach exotischen Pflanzen suchten. Als wäre ihr Klostergarten eine Brutstätte für Drogen!

Claire ist ihrerseits verärgert über den Ton der Oberin, liest die Zeilen mehrfach, greift zum Hörer.

Erst nachdenken, sagt sie zu sich selber und legt den Hörer auf.

Oma hätte gesagt: erst überschlafen, erinnert sie sich an ihre Großmutter in Wien, die in diesem Frühjahr verstorben ist – mit dreiundneunzig Jahren, zur Überraschung aller.

Claire verfasst eine geharnischte Stellungnahme samt Verweis auf den Eigentumsanspruch seitens der Schwester der Verstorbenen. Als sie ergänzen will, dass der Kunsthistoriker Luis P. die Zeichnung als eine simple Fälschung

erkannt hat, fällt ihr ein, dass es nicht klug ist, alle Karten gleich auf den Tisch zu legen.
Denn mit dem Bild stimmt etwas ganz und gar nicht! Es hing am Todestag von Rose eindeutig nicht an der Wand über dem schmalen Tisch, das belegen ihre Handyfotos und die Aufnahmen der Spurensicherer. Und wenn es ein Bild von Rose war, dann nicht das Exemplar, das sie jetzt mitgenommen hat.
Jedenfalls will sie diese Angelegenheit mit der Mutter Oberin direkt klären, schließlich hat sie angegeben, die Letzte im Zimmer von Rose gewesen zu sein, sie hat der toten Frau die Augen geschlossen.
Etwas überstürzt fährt Claire hinauf zum Frauenkloster. Von der stummen Schwester empfangen, wird sie diesmal direkt ins Büro der Oberin geführt, das im Erdgeschoss des Haupthauses liegt. Die Schwester Oberin bleibt hinter ihrem Schreibtisch sitzen, als Claire eintritt. Sie ist beschäftigt, reicht ihr diesmal die Hand, aber es sieht eher nach einer nachlässigen Geste aus, weil sie in ihre Akten vertieft ist. Claire lässt sich ungefragt in den Besucherstuhl fallen, kramt in ihren Unterlagen, entschuldigt sich ganz nebenbei dafür, dass sie das Bild ohne Ankündigung mitgenommen hat, weil niemand außer der stummen Schwester anwesend gewesen sei, wie sie betont. Das aber lässt die Oberin nicht gelten:
»Das Bild ist Eigentum des Ordens«, kontert sie. Im Unterton ist eine Kränkung nicht zu überhören.
»Das Bild gehörte Rose, es wird von der Schwester als Familieneigentum beansprucht.«

Claire zückt ihr Notizbuch und macht eifrig einige Eintragungen.
»Ich bestätige hier, dass ich das Bild mitgenommen habe. Und dass ich es nach erfolgter Untersuchung zurückbringe«, erklärt sie. »Könnten Sie bitte für mich eine Kopie machen?« Dann reißt sie die beschriebene Seite aus dem Buch und ist erstaunt darüber, wie schnell die Oberin aufspringt, um den Aktenvermerk zu kopieren. Sie geht ins Nebenzimmer und kommt nach zwei Minuten wieder, mit einer Kopie und dem Original.
»Geben Sie mir die Kopie, das Original behalten Sie«, sagt Claire und steckt den Papierbogen schnell ein.
Zeit für einen geordneten Rückzug.
»Wir werden die Eigentumsverhältnisse sehr genau prüfen müssen«, gibt Claire zu bedenken. »Es ist von Vorteil, wenn Sie einige Beweise sammeln, die den Anspruch des Klosters bestätigen«, sagt sie, nachdem ihr die Mutter Oberin die Hand zum Gruß hingestreckt hat.
Von ihrer Erkenntnis, dass das Bild eine Billigkopie ist, erwähnt sie vorerst nichts.
Dafür brauche ich einen strategischen Plan, wobei zu hinterfragen wäre, wohin das Original verschwunden ist und dass es am Tag der Todesmeldung nicht im Zimmer hing, denkt sie.
»Ich werde unseren Anwalt damit betrauen müssen«, droht die Oberin. Claire zuckt mit den Achseln.
»Diese Entscheidung muss ich Ihnen überlassen« ist ihr Kommentar in der kühlen Art der Mutter Oberin. Innerlich aber kocht sie, der Ordensfrau gelingt es schon wiederholt, Claire aus der Fassung zu bringen.

Claire schlägt die Autotür zu und lässt den Motor aufheulen, sie ist genervt und lässt die Räder durchdrehen, indem sie das Gaspedal bis zum Anschlag durchdrückt. Mit halblauten Flüchen erreicht sie die Hauptstraße, hat sich dann aber schnell wieder beruhigt, nachdem sie die Kastanienallee der schmalen Klosterzufahrt hinter sich lässt. Claire nimmt nicht die Straße zum Polizeiposten, sondern fährt über die Innbrücke in die Innenstadt, mitten durch die Fußgängerzone. Nach zehn Uhr ist das ein Wagnis, denn die Stadtpolizei macht zu dieser Zeit gern Außendienst. Das Geländefahrzeug, den Defender, sieht sie in der Einfahrt zur Apotheke stehen, das ist schon mal ein gutes Zeichen. Die Uniformierten sitzen mit dem Apotheker im Hinterzimmer des »Picasso«. Claire parkt den Wagen auf einem der Parkplätze und statt der Parkscheibe oder eines Parkscheines legt sie ein Stück Aluminiumblech auf das Armaturenbrett, das schon im alten Dienstwagen Verwendung fand, ein grässlich verbogenes Stück Metall mit der Aufschrift »Polizei im Dienst«. Claire weiß, dass die Kollegen von der Stadtverwaltung ihren neuen Wagen nicht kennen, das verbogene Blech aber gleich zuordnen, falls es einen Wirbel um ihren Parkplatz geben sollte. Den möchte sie liebend gern vermeiden, weil Kaffeehausbesuche während der Dienstzeit nicht freudig honoriert werden.

Als Stammkundin darf Claire in einer speziellen Ecke des Cafés Platz nehmen. Die Inhaberin liest es ihr schon von ihrer Nasenspitze ab, wenn sie keinen Kontakt mit anderen Besuchern wünscht. Den Tisch hält sie meist für nur drei Gäste frei:für Pater Martin, wenn er sich unter Zeitnot für die Predigt vorbereiten muss, für den Stadtschreiber, der jährlich für zwei Monate seinen Dienst hier absitzt, wobei der eine dem Nächsten diesen besonderen Platz weitervererbt, und für Claire, wenn sie besonders angestrengt nachdenken muss.

Claire erhält ihren Espresso, lehnt sich zurück und denkt über die Ereignisse zwischen Donnerstag und dem heutigen Besuch im Kloster nach.

Wer im Kloster hat das Bild abgenommen, offensichtlich um das Bild gegen eine Fotokopie zu tauschen, und wieder zurück in das Zimmer gehängt?

Der Rahmen ist derselbe, den Antonia beschrieben hat, mit dem Stempel einer Werkstatt aus München auf der Rückseite. Wohin ist das Original verschwunden? Ist es das Bild im Besitz des Studenten? Hat es kausal mit dem Tod von Rose zu tun?

Sie liest das Protokoll ihrer Kollegen einmal mehr durch. Mit der noch jungen Mutter Oberin sind insgesamt sieben Frauen im Kloster beschäftigt. Zwei sind eingeteilt für die Verwaltung des Klosters, zwei sind für die Organisation und Abwicklung der Seminare zuständig, die stumme Schwester für die Küche und zwei kümmern sich um die Immobilien. Die Reinigung und Instandhaltung wird von Leuten außerhalb des Ordens besorgt.

Aus den Notizen der Befragungen geht hervor, dass die Äbtissin seit drei Jahren dieses Kloster leitet und davor als Klosteroberin in Übersee beschäftigt war. Wenn sie am Austausch des Bildes unschuldig ist, wird sie zurecht

annehmen, es wäre Eigentum des Klosters, das ist ihr nicht zu verübeln. Die Fotoaufnahme mit dem Bild des Mädchenporträts im Hintergrund aus dem Wohnraum von Antonia und Rose – davon ist Claire überzeugt – wird helfen, die wahren Eigentumsverhältnisse zu klären.
Wenn aber die Mutter Oberin oder eine der Klosterfrauen die Kopie eigenhändig angefertigt hat oder zumindest davon wusste und obendrein mit dem Originalbild vertauscht hat, muss sie damit rechnen, dass dies bei näherer Untersuchung früher oder später aufgedeckt wird. Wenn sich darüber hinaus aber herausstellt, dass die Kopie aus dem eigenen Kopierer stammt, wird es eng für ...
Ja... für wen?, denkt Claire. Ihr ist nicht wohl bei dem Gedanken, dass die weiteren Untersuchungen ins klösterliche Umfeld führen.
Claire besieht sich die Kopie aus dem Büro der Mutter Oberin genauer. Der linke Rand rückt in ihr Interesse. Ähnlichkeiten zu den Zeichen am linken Bildrand der Kopie des Mädchenporträts sind nicht von der Hand zu weisen. Aber endgültig feststellen wird das Luis. Claire greift zum Telefon.

6

Claire macht sich ihre Gedanken.
Die Schnittwunden an der linken Hand von Rose sind durch ihre Arbeit in der Küche erklärbar. Aber dass ausgerechnet ein exotisches Gift die Ursache für ihren Tod war, macht die Sache komplizierter, deshalb ist der Verdacht auf Fremdeinwirkung nicht mehr von der Hand zu weisen. Zum Zeitpunkt des Todes waren wegen des Sommerferienbeginns keine Seminaristen im Haus, das haben die Schwestern des Klosters bestätigt. Die Vortragenden sind in alle Winde verstreut. Feinde hat Rose nicht gehabt, da sind sich die Klosterfrauen einig. Und selbst unter den Schwestern konnten die Beamten kein Zeichen von Streit oder Missfallen der Toten gegenüber heraushören.
Bei diesem Gift führt schon eine kleine Dosis zum Tod. Das von einem einzigen Tier abgeschöpfte Gift kann bis zu zehn Menschen töten, der Tod tritt augenblicklich ein! Das ist die Erklärung der Forensiker.
Wie lange lag die Tote im Bett, bis man sie entdeckte?
Claire kramt wieder und wieder in den Befragungsberichten und im Protokoll der Toxikologen. Die Oberin ist am Donnerstagnachmittag von der stummen Schwester verständigt worden, dass Rose tot im Bett liegt. Daraufhin ist sie mit nach oben gegangen, hat ihr die Augen geschlossen und hat von ihrem Handy aus den Arzt verständigt. Der Arzt hat den Todeszeitpunkt auf den Zeitraum Mittwoch-

nacht bis Donnerstagfrüh eingegrenzt, in der Forensik gab es keine andere Erkenntnis.
Mittwochmittag endeten zudem die letzten Seminare vor der Sommerpause.
Claire ist von der Todesursache irritiert und nimmt sich vor, den Apotheker zu dieser seltenen Vergiftung näher zu befragen. Im Moment ist sie unterwegs in das Kloster, diesmal aber ins Männerkloster. Und darauf freut sie sich, obwohl es eine dienstliche Fahrt ist, die sie zu Pater Martin führt.
Empfangen wird sie von seinem älteren Bruder, Pater Anselm. Martin selbst ist für Einkäufe in der Stadt, wird aber bald zurückerwartet. Der eifrige Pater Anselm zeigt Claire gleich die Stelle in der Klosterkirche, an der ein gefasster Engel von etwa dreißig Zentimetern Größe von einem Sockel gebrochen wurde.
»Mit Gewalt?«, fragt Claire und rüttelt für einen Vergleich an einer anderen Figur, die etwas höher am Altar thront. Die Figur gibt augenblicklich nach, sie spürt es deutlich und ist heilfroh, dass der Pater es nicht bemerkt hat. Gott sei Dank hängt der Engel weiterhin an seinem Platz.
»Ich habe den Verlust bei der Morgenmesse entdeckt«, gibt Anselm an.
»Was war im Kloster los?«, fragt Claire.
»Pater Martin hat mit den Ministranten gestern die Kirche sauber gemacht«, berichtet Anselm, weiß aber den exakten Zeitpunkt nicht.
»Gibt es Fotoaufnahmen vom Altar?«
Anselm wiegt den Kopf und meint dann, er werde nachschauen. Er macht sich Sorgen wegen einer Besucherde-

legation, die sich für heute Abend angesagt hat und von Pater Martin zum Abendessen eingeladen wurde. Nur, Pater Martin hätte schon längst zurück sein müssen. Er sieht sorgenvoll auf seine Taschenuhr. »Allem Anschein nach hat er die Vorbereitungsarbeiten entweder total vergessen, oder er hat«, sagt Anselm etwas schelmisch, »sein Auto wieder in einem See versenkt«, kommt es gleichzeitig auch von Claire.

Und so wird sich Anselm eigenhändig daranmachen, mit den Vorbereitungen zu beginnen, damit abends für zehn Leute der Tisch gedeckt ist. Er dreht sich um und lässt Claire allein in der Kirche.

Claire macht mit ihrer Kleinbildkamera Fotos vom Altar und vom Sockel mit dem fehlenden Engel. Da alle Figuren an diesem Seitenaltar ein Musikinstrument halten, müsste auch der fehlende Engel ein solches getragen haben, das hat sie vergessen zu fragen, und weil sie die Sache recht ernst nimmt, entstehen Aufnahmen aus verschiedenen Blickwinkeln. Dabei entdeckt sie etwas golden Glänzendes, das sich in einer Vertiefung am Altar kaum sichtbar versteckt hat. Bei näherer Betrachtung stellt es sich als ein Blasinstrument heraus, ein vergoldeter langer Stab, die vereinfachte Form einer Posaune mit trichterförmiger Endung, den der Engel gehalten haben dürfte.

Die Erfolgsaussichten, Kirchendiebe zu finden, gehen gegen null, manchmal tauchen die Devotionalien auf Flohmärkten auf, dann kann man die Stücke einzeln zurückkaufen. Die wertvollen Stücke verschwinden meist für immer. Claire wirft einen sorgenvollen Blick auf ihren am

seidenen Faden baumelnden Engel mit der Harfe zurück, und findet den Weg zur Klosterküche trotz der Dunkelheit in den langen Fluren unbehindert.
Der letzte Besuch in diesem Kloster galt einem Pingpongmatch der Patres gegen die Polizisten. Geendet hat die sportliche Auseinandersetzung mit einem Grillfest, bei dem sich Claire tatkräftig einbrachte, nicht nur bei der Vorbereitung, auch beim Vertilgen von Speis und nicht zuletzt von Trank hat sie sich großartig geschlagen, was ihr am nächsten Tag Kopfschmerzen bescherte.

Anselm steht allein in der großen Küche. Er setzt den Knödelteig an, die Milch am Herd schäumt und ergießt sich bedenklich über den Rand des Topfes. – Claire riecht die Panne schon von weitem, krempelt die Ärmel hoch und wischt zuerst einmal die verbrannte Milch weg.
»Wie viele Personen?«, fragt sie.
Anselm deutet zweimal mit den Fingern seiner freien Hand: zehn.
»Fünfzig Knödel?«
»Mindestens sechzig«, sagt Anselm.
»Pater Martin hat ja selbst den größten Appetit, falls er noch rechtzeitig kommt. Und du bist auch herzlich eingeladen.«
Claire sieht auf die Uhr. Es ist Viertel nach fünf. »Ich bleibe«, ist sie fest entschlossen und gießt frische Milch in einen Topf.
Anselm hat etwas zu viel von der Muskatnuss gerieben, es riecht recht exotisch. Die Eier stehen bereit, zu wenige

für die vielen Knödel, stellt Claire schon auf den ersten Blick fest.
»Deshalb ist Pater Martin in die Stadt gefahren«, jammert Anselm. »Und ausgerechnet heute haben alle Mitbrüder ihren freien Tag.«
Claire sucht den größten Kochlöffel, mischt das Knödelbrot in einem riesigen Topf und gibt die geschnittene Petersilie dazu. Pater Anselm kümmert sich um die Suppenbrühe. Claire hat die Idee, Max, ihren treuen Kollegen, anzurufen, damit er mindestens zwanzig Eier bringt, denn die Zeit wird knapp.
»Wann kommen die Gäste?«, fragt Claire und bindet sich eine Männerschürze um.
»Sie kommen um sechs Uhr mit dem Zug. Aber nun hat Pater Martin das Auto, mit dem wir sie am Bahnhof abholen sollen. Wir müssen ohnehin zweimal fahren, um sie alle hierher zu bekommen!«

Es läutet an der Pforte. Anselm empfängt Max, er kommt mit einer prall gefüllten großen Einkaufstasche. Neben den bestellten Eiern hat er Aufstriche, Weißbrot in Stangen und einige Flaschen Wein mitgebracht, alles wie von Claire angefordert. Max macht sich gleich an die Arbeit mit den Broten für die Vorspeise, nicht ohne für sich und den Pater Anselm ein Glas Wein einzuschenken, von dem der Pater glänzende Augen bekommt. Die Knödel sind geformt und warten auf die Zubereitung über Dampf. Mittlerweile ist Pater Martin zurück, lauthals lachend wie immer. Auch berichtet er von einer Begegnung mit der

Schwester Oberin in der Stadt und dem Todesfall einer jungen Angestellten im Kloster.

»Hat sie auch von dem Bild erzählt, das ich beschlagnahmt habe?«, fragt Claire.

»Nein, davon hat sie mit keiner Silbe gesprochen«, ist sich Pater Martin sicher.

Claire erzählt ihm vom Mädchenporträt des Renaissancekünstlers und den Besitzansprüchen der Schwester der Verstorbenen und auch der Mutter Oberin. Von der Enttarnung des Bildes als Fälschung sagt sie kein Sterbenswort.

Pater Martin wirkt plötzlich abwesend, beobachtet Claire. *Beschäftigt ihn der Tod von Rose?* An seinem Uralthandy schellt es wie verrückt mit einem antiquierten Klingelton.

»Die Gäste vom Bahnhof rufen an. Sie kommen mit dem Taxi«, berichtet er dem Küchenteam. »Dann kann ich mich noch ein wenig nützlich machen«, meint er und ist gleich wieder der Gutgelaunte, wie man ihn eben kennt, und kostet von den Brötchen für die Vorspeise aus dem Kühlschrank. Pater Anselm rollt mit seinen großen Augen, erspart sich aber einen Kommentar. Für die hungrigen Patres, die im Laufe des Abends von ihrer Stadttour zurückkommen werden, hat er noch zusätzliche Knödel geformt, weil die Eierspende so großzügig ausgefallen ist, hat er angemerkt. Die Küche gleicht einer Knödelmanufaktur.

Pater Anselm mahnt zur Eile. Max und Claire decken den riesigen Tisch im Esszimmer, Martin und Anselm lassen die Knödel über Dampf garen.

»Ich werde dir heut noch etwas zeigen«, meint Pater Martin zu Claire und wirkt dabei geheimnisvoll.

Mit den Gästen aus dem Heimatdorf von Pater Martin, den beiden Patres, Max und Claire sitzen vierzehn hungrige Leute am Tisch. Wie angekündigt kommen die Patres aus der Stadt zurück und gesellen sich zu der Gesellschaft an die lange Tafel. Dass es allen herrlich schmeckt, ist nicht zu überhören. Die Getränke werden von Claire und Pater Martin serviert. Nach dem Essen übersiedelt die Gesellschaft in den großen Wohnraum mit dem Billardtisch in der Mitte. An der Wand hängt ein Bildschirm von der Größe eines Einzelbettes.

Einer der Patres holt eine Gitarre, ein anderer eine Ziehharmonika, damit ist der gesellige Teil des Abends gesichert. Die Besucher sind allesamt versierte Sänger, es dauert nicht lange, bis sich eine weinlaunige Stimmung verbreitet, mittendrin sitzen Claire und Max.

Pater Martin hat seine Ankündigung nicht vergessen und winkt die beiden Polizisten in einer Sangespause an die Bilderwand. Claire ist der Meinung, der Pater möchte ihnen eine Neuerwerbung zeigen, aber dann sieht sie den Mädchenkopf und bleibt gebannt vor dem gerahmten Bild stehen. Max erinnert sich an den Zeitungsbericht.

Für Claire ist es inzwischen die dritte Begegnung mit dem gleichen Motiv!

»Hier hängt ein Cennini«, sagt Pater Martin stolz.

Er nimmt den Rahmen von der Wand und reicht ihn Claire. Das Bild hat etwa die gleiche Größe wie im Zimmer von Rose. Der Rahmen aber ist deutlich schwerer. Die Rückseite bildet eine Tafel aus Holz, die Nägel zur Fixierung der Holzplatte sind angerostet. Claire legt das Bild auf

den Billardtisch, Max beugt sich ebenfalls darüber, Claire berichtet den beiden vom Bild im Zimmer des Klosters. Kein Zweifel, die Zeichnung des Mädchenkopfes ist eine Silberstiftzeichnung auf einem leicht gelblich grundierten Papier. Der Rahmen wirkt antik. »Das Glas weist leichte Schlieren auf«, sagt Claire und Max staunt über so viel Fachwissen.
»Kannst du uns zur Herkunft des Bildes etwas erzählen?« Die Frage ist an Pater Martin gerichtet. Er grinst.
»Wenn das ein Verhör wird, ziehe ich meinen Anwalt hinzu«, meint Pater Martin gut gelaunt und deutet auf einen seiner Gäste, einen Anwalt, wie er bemerkt, der sich soeben als Chorleiter bei den Sangeseinlagen hervorgetan hat. Claire und Max nehmen es mit Humor.
»Spaß beiseite! Das Bild habe ich eigenhändig von der Witwe eines honorigen Bewohners unserer Stadt bekommen. Der Ehemann galt hinter vorgehaltener Hand als Linientreuer während der Nazizeit und hat sich bald nach dem Krieg dazu entschlossen, aus Liebe zu den Bergen hierherzuziehen. Das Ehepaar wohnte vorher im Norden Deutschlands. Die Ehe ist kinderlos geblieben, die Villa, die sie hier gekauft und bewohnt haben, vererbte die Witwe dem Schwesternorden. Uns, dem Männerkloster, hat sie dieses Bild zugedacht. Dabei meinte sie, es sei so wertvoll wie ein großes Haus, konnte aber nichts Näheres zu seiner Entstehung oder Herkunft berichten.«
Claire würde am liebsten gleich loslegen: Dem Kunsthistoriker Luis P. hat sie assistiert, als er das Bild vom Kloster aus dem Rahmen gelöst hat, aber das geht nicht, vor allem

wäre es zu dieser fortgeschrittenen Stunde und in dieser Runde eine höchst unpassende Aktion. »Darf ich das Bild mit Unterstützung eines wissenschaftlich arbeitenden Kunsthistorikers näher untersuchen?«, fragt Claire. Und weil Pater Martin unentschlossen den Kopf wiegt, wagt sie einen Vorstoß und erklärt in kurzen Worten die Erlebnisse mit dem Mädchenkopf im Zimmer des Mordopfers. Pater Martin willigt ein: »Es ist okay für mich, wenn die Untersuchung hier stattfindet und das Bild nicht außer Haus gelangt.«

7

Im Schlepptau führt Claire den angekündigten Wissenschaftler Luis P. mit, den man mit seinem Koffer eher für den Servicetechniker einer Installationsfirma halten würde. Pater Anselm glaubt, Claire habe sich wegen des Diebstahls in der Klosterkirche Verstärkung von der Spurensicherung geholt, und übergibt Claire den großen Schlüssel für die Kirchentür, die er seit dem Vorfall mit dem verschollenen Engel versperrt hält. Pater Martin ist weder zur Frühmesse noch zum Frühstück erschienen. Da das Klosterauto aber im Hof steht, macht sich Pater Anselm vorerst keine Sorgen und führt die frühen Besucher erst einmal in die Küche, um ihnen ein Frühstück anzubieten. Claire und Luis nehmen das Angebot gern an, so ist das Warten auf Pater Martin leicht zu ertragen.

Um halb neun Uhr taucht ein zerknirschter Pater Martin auf. Recht beschämt, weil er verschlafen hat, führt er die Wartenden gleich im großen Wohnraum zur Bilderwand. Pater Anselm hastet umher und sammelt die leeren Flaschen und die vielen Gläser von der Feier am gestrigen Abend ein.

Luis waltet seines Amtes, beobachtet und unterstützt von Claire. Die hölzerne Rückwand ist bald abgetrennt, das Bild selber kommt als ein dicker Packen Papier zum Vorschein. Luis, Claire und Pater Martin stehen davor und wenden das Stück nach allen Seiten. Luis ist sich sicher, dass hier ein zusammengefaltetes Papier hinter das Deck-

blatt geheftet ist. Pater Martin besieht sich den Rahmen genauer. Luis schlägt vor, den Packen vom Bild zu trennen. Er hat ein scharfes Skalpell in der Hand. Luis arbeitet bedächtig und vorsichtig. Jeder Arbeitsschritt wird mit seiner Kamera dokumentiert. Auf der Spielfläche des Billardtisches wird der so getrennte Papierpacken dann auseinandergefaltet. Alle halten den Atem an, starren auf die Blattseite, die sich öffnet. Ein buntes Bild, ein Aquarell, nein, ein Pastellbild kommt zum Vorschein. Vollständig ausgebreitet hat es das Format von etwa einem Quadratmeter. Ein Bild, das zwei Frauen zeigt, die mit der Körperpflege an einem Teich beschäftigt sind.
»Ein Bild aus dem frühen zwanzigsten Jahrhundert«, meint Luis.
»Den Künstlernamen habe ich auf den Lippen, bringe ihn aber einfach nicht raus!«, schimpft er, nahe dran, zu fluchen, aber das bleibt dann doch aus.
Claire und Pater Martin sind sich einig, es handle sich um eine erotische Darstellung.
»Deshalb ist es so lange versteckt hinter dem anderen Bild gelegen«, lacht Pater Martin.
Luis warnt vor voreiligen Schlüssen.
»Ich habe dazu eine Theorie«, meint er in seiner trockenen Art. Die Polizistin betrachtet das Mädchenporträt.
»Das könnte jetzt das Original sein«, meint sie ehrfurchtsvoll.
»Nachdem ich das gleiche Motiv schon zum dritten Mal in der Hand halte, bin ich naturgemäß skeptisch«, sagt Luis, »aber ich werde es noch näher untersuchen.«

Pater Martin wird von Anselm gerufen. Die Gästedelegation aus seinem Heimatort möchte sich verabschieden. Beim nächsten Ruf von Anselm kommt er erst nach geraumer Zeit zurück, in der Hand hat er einen gefassten Engel und grinst über das ganze Gesicht.
»Unser Kriminalfall hat sich eben aufgelöst«, sagt er vergnügt und erzählt, dass ein erschrockener Ministrant den Engel beim Versuch, den Altar zu erklimmen, abgerissen hat. Er hat mit einem Kollegen gewettet, wer es am Altar höher hinauf schafft. Dass die angeordnete Reinigung des Altars dabei auf der Strecke blieb, war klar, besonders weil die dafür beauftragten Buben sich vorzeitig aus dem Staub gemacht haben. Den Engel hat einer der Buben eingesteckt und mitgenommen. Die Eltern aber sind recht bald dahintergekommen und bestanden auf einer raschen Rückgabe mit dem Versprechen, die Kosten für die Reparatur zu übernehmen. Luis P. besieht sich die Havarie und holt eine Tube Weißleim samt ein paar Spannbügeln mit kleinen Schraubzwingen aus seinem Koffer. »Während Claire die Bilder bewacht, werden wir den Engel ankleben«, meint er, Pater Martin geht vor.
»Es wartet noch ein weiterer Kandidat am Altar auf eure Rettung durch den Leim«, ruft Claire ihnen nach.
Die Schraubzwingen haben wenig genützt, dafür hat sich der findige Kunsthistoriker mit Gazebinden aus dem Erste-Hilfe-Koffer beholfen und die Putten mit Leim und Heftpflastern wieder fixiert.
Pater Martin zeigt ein Handyfoto von den bandagierten Engeln, beide sehen aus wie frisch operierte Patienten.

»Den Verband mindestens sechs Stunden lang nicht entfernen«, ordnet Luis an. Pater Martin hat hingegen vor, die derart geretteten Statuen länger zur Schau zu stellen, weil er damit bei seinen Schäfchen wieder eine seiner wundersamen Geschichten zum Besten geben kann.
»Eine Studie für ein Gemälde in Öl könnte es sein«, sagt Pater Martin, der sich immer wieder über das entdeckte Bild beugt.

8

Das Gespräch mit dem Stadtapotheker im Café Picasso dehnt sich, weil er eigenhändig für heute den Nachtdienst in seiner Apotheke übernommen hat und prompt im Viertelstundentakt gerufen wird. Wegen der sich einschleichenden Schlechtwetterperiode häufen sich die Erkältungserscheinungen mit allen Nebenwirkungen. Claire versucht, wegen der Enge und wegen der vielen Ohren im Lokal leise zu sprechen. Das Thema ist nichts für Außenstehende, handelt es sich doch um todbringende Substanzen. Dass die Todesursache auf ein hochdosiertes Gift zurückzuführen ist, verwundert selbst den Fachmann, der sich nicht erklären kann, wie ein derartiges Gift in unsere Breiten gelangt. »Tatsache ist«, sagt er, »das Mittel ist höchst wirksam und führt innerhalb von drei Sekunden zum sicheren Tod.«

Claire hat bisher alles verstanden, sein umfassendes Wissen über die exotischen Gifte mit den vielen Fachausdrücken aber tut sie als »Fachchinesisch« ab. Zudem wirken die beiden letzten Gläser vom Weißen merklich.

Luis P. kommt nach seinem Dienst als aushilfsweiser Taxifahrer zu später Stunde im Lokal vorbei, entdeckt Claire unter den Gästen und hat sofort wieder eine Menge Gesprächsstoff. Er zeigt ihr das Exemplar einer Fachzeitschrift, in der er seine Untersuchungen zu den Mädchenporträts als wissenschaftlichen Artikel veröffentlicht hat, berichtet er stolz. Luis ist in seinem Element. Claire

deutet wegen der hellhörigen Barbesucher auf ein eben frei gewordenes Tischchen.
»Übrigens«, meint er, »die Kopie der handschriftlichen Bestätigung über die Beschlagnahme des Bildes hat ergeben, dass die Kopie des Mädchenporträts vom gleichen Fotokopierer stammen muss. Die Marken am Rand der Blätter stimmen haargenau überein.«
Claire nickt, als hätte sie es geahnt, gleichzeitig aber ist sie wenig erfreut darüber.
Das bedeutet doch, denkt Claire, aber sie wagt nicht, den Gedanken zu Ende zu denken.
Vielmehr ist es Luis P., der die Vermutung ausspricht. Claire legt ihren Zeigefinger an die Lippen. »Keine voreiligen Beschuldigungen« soll das bedeuten.
Am Nachhauseweg begleitet er Claire, sie schieben ihre Fahrräder über die steile Gasse und vergessen über ihrem Gespräch, die Fahrräder zum Fahren zu nutzen.
»Sie sind ein verkappter Detektiv«, meint Claire nach dem steilen Anstieg in einer Verschnaufpause. Luis lächelt und fühlt sich geschmeichelt.
Die Häufungen der Mädchenporträts innerhalb kurzer Zeit wertet Luis als Aktivitäten eines Kreises, der mit Kunst aus der NS-Zeit ins Geschäft kommen will.
»Es könnte sein«, so der Hobbyermittler, »dass sie einige der Zeichnungen auf dem Markt platzieren, um so das Interesse in Fachkreisen zu wecken. Nicht auszuschließen ist, dass die Mafia dahintersteckt!«
»War dies der Grund, warum Sie den Artikel in der Fachzeitschrift veröffentlicht haben?«

»So ist es!«, pflichtet ihr Luis bei. »Es ist auch erwünscht, dass sich daraufhin weitere Reaktionen ergeben«, meint der verschmitzte Kunsthistoriker, »ähnlich einer Kettenreaktion. Es ist ja schwer zu beweisen, aber ich denke, es könnte sich in etwa so zugetragen haben.«

Der Theorie von Luis ist einiges abzugewinnen.

»Inzwischen habe ich meine Untersuchungen über das Papier der Porträtbilder abgeschlossen. Ich habe ja nicht allzu viele Mittel für eine exakte technisch-wissenschaftliche Untersuchung wie einige Institute in Deutschland oder mein Bekannter, der Professor in Perugia. Allerdings kann ich mit großer Sicherheit sagen, die Papiere der Bilder des Studenten und des Männerklosters stammen aus ein und derselben Papiermühle. Die hat es in den Fünfzigerjahren, also nach dem Krieg, nicht mehr gegeben. Mit Hilfe eines Episkops habe ich die Fotografien beider Zeichnungen übereinandergelegt. Schwierig war es dabei, den gleichen Vergrößerungsfaktor bei beiden Bildern einzustellen, da mir beide Exemplare nicht gleichzeitig zur Verfügung standen. Erstaunlicherweise sind die äußeren Formen, also die Größe der Köpfe, exakt identisch, Details wie etwa die Haare sind überraschend ähnlich, lediglich einige wenige Haarlocken oberhalb und hinter dem Ohr sind abweichend gesetzt. Die Papiergründe sind alle mit der gleichen Farbe grundiert, ähnlich wie Cennini es in seinem Traktat über die Arbeit mit Silberstift in der Renaissance als Vorarbeit für die Anfertigung einer Zeichnung beschrieben hat, jedenfalls mit den exakt gleichen Grundstoffen. Es spricht also einiges dafür, dass beide zwar Originale sein könnten, obschon sie keinesfalls aus dem Mittelalter stammen. Ich habe auch die Kopie aus dem Frauenkloster mit den beiden Bildern verglichen. Der Kopierer im Kloster verkleinert die Originalgröße vermutlich etwas unproportional, es stimmt aber im Wesentlichen mit den beiden anderen überein.«

»Was ist der ausschlaggebende Grund für die Annahme, die Bilder seien während des Krieges entstanden?«

»Die hinter den beiden Porträts versteckten Bilder sind eindeutig als ‚Entartete Kunst' einzustufen. Das eine ist von Ernst Ludwig Kirchner, beim anderen Bild, das wir beide zusammen bei Pater Martin entdeckt haben, kann ich zwar nur vermuten, um wen es sich handelt, meine Ahnung sagt mir, es ist eine Künstlerin aus Graz, die 1941 in Hartheim bei einer Tötungsaktion ums Leben gekommen ist. Aber es ist zu früh, Namen zu nennen. Überdies habe ich zur besseren Identifikation Anfragen bei einigen Kollegen gestartet, die Antworten könnten bald vorliegen.«

Wegen des einsetzenden Regengusses finden sie in der Gasse vorübergehend Unterschlupf in einer Nische des Juwelierladens.

»Man reimt sich so einiges zusammen«, sagt Luis, um die Wartezeit zu überbrücken.

»Meiner Vermutung nach sind die neu entdeckten Bilder die eigentlich wertvollen Kunstwerke. Damit die sogenannte ‚Entartete Kunst', der diese Werke zweifelsfrei zugeordnet werden können, vordergründig nicht für Außenstehende sichtbar war, bediente man sich in der NS-Zeit der Methode, diese hinter ‚Artiger Kunst' zu verstecken, weil die Nachfrage sowohl im Inland als auch im Ausland nicht verebbte oder weil man damit eine Möglichkeit fand, Bilder in großem Stil in private Kanäle abzuzweigen. Der Staat brauchte damals Devisen, und die Kunsthändler haben auch in die eigenen Kassen gearbeitet.«

»Das würde aber bedeuten, dass die Mädchenporträts von vornherein kopiert wurden«, wirft Claire ein.

»Kopierer von der heute verwendeten Art kannte man noch nicht«, antwortet Luis. »Also musste nachgezeichnet werden. Und Kunstfälschung gab's immer und zu allen Zeiten. Dafür gibt es historische Beispiele genug«, erläutert er. »Die Qualität dieser Zeichnungen ist verblüffend, das war vielleicht ein und derselbe Künstler, jedenfalls lässt die Handschrift bei allen dreien diese These zu.«

»Welche Technik wurde angewendet?«, will Claire wissen.

»Silberstift auf vorgrundiertem Papier. Das ist eine alte Technik aus der Renaissance und war auch wieder kurze Zeit in den Zwanzigerjahren des zwanzigsten Jahrhunderts in Mode.«» Und so lange nach Kriegsende tauchen plötzlich diese Werke auf«, sagt Claire vor sich hin. »Was das wohl zu bedeuten hat? Könnte es sein, dass verzweifelt nach dem Original von Cennini gesucht wird?«

9

Konsul Curt Claudius sitzt in einem Café am Venusberg. Das kleine Caféhaus hat er neulich bei einem vereinbarten Treffpunkt für den Ankauf einer grafischen Arbeit entdeckt.
Den Anbieter hat er seit dieser Begegnung nicht mehr gesehen, nur eine Visitenkarte mit einer spanischen Adresse hat ihm der Mann überreicht.
Der Galerist ist knapp über sechzig, ein nobler älterer Herr, eine angenehme Erscheinung, kein Hans Dampf, der bei allen Partys auftaucht, aber ein Geschäftsmann mit einem beachtlichen Netzwerk. Die besten Sammler der Stadt, ja des ganzen Landes kaufen bei ihm Kunstwerke mit verlässlicher Provenienz. Darauf legt Claudius sein Hauptaugenmerk. Dass der gute Ruf nicht eines Tages verlorengeht, dafür hat Claudius Gespür und ein geschicktes Händchen, zu unterscheiden, was echt ist und was nicht auf den Markt gehört. Immer wieder tauchen Kopien auf, Fälschungen – bessere und schlechtere. Solche, die sogar mit eindeutiger Provenienz ausgestattet sind und sich trotzdem als gefälscht herausstellen. Es wäre ein Leichtes, Originale von Fälschungen zu unterscheiden, würde man die Bilder kategorisch forensisch untersuchen. Jedoch das kostet Geld, das nicht jeder ausgibt oder hat, und vor allem Zeit, die schon gar nicht zur Verfügung steht. Seine Galerie in der Altstadt von Hamburg hat helle

Ausstellungsräume im Altbauviertel, für die regelmäßig stattfindenden Sonderausstellungen werden umgebaute Werkstätten genutzt. Konsul Claudius ist über alle Aktivitäten der Kunstszene in der Stadt bestens informiert. Er ist mittlerweile öfters in diesem Lokal anzutreffen. Die freundliche Atmosphäre gefällt ihm, es gibt nur wenige Tische, die freundliche Kellnerin reserviert für ihn seinen Lieblingsplatz mit der herrlichen Aussicht über die Stadt. Einige Gäste kommen und gehen, es ist kein großer Betrieb an diesem sonnigen Tag, der feucht und kalt begonnen hat. Ein einzelner Herr in einem hellgrauen Anzug erscheint, sieht sich kurz um und geht zielstrebig auf den Konsul zu. Man kennt sich, er nimmt am Tisch Platz und greift zur Mittagskarte. André Beluge, Kriminalhauptkommissar für Kunstangelegenheiten. Kunstdiebstahl und Kunstfälschung sind die Spezialgebiete, mit denen er hauptsächlich zu tun hat. Eine exzellente Verbindung zu Galeristen und Auktionatoren ist sein Arbeitskapital. Er taucht auf wie ein englischer Gentleman, arbeitet meist im Hintergrund. Alle großen Fälle landen bei ihm, wenn es um Kunstdiebstähle oder um Fälscherringe geht, die Aufklärung ist meist sein Verdienst.

Herr Claudius überreicht seinem Gegenüber eine Fachschrift mit dem Artikel eines österreichischen Kunsthistorikers, die in dieser Woche aktuell erschienen ist. Der Herr Kriminalhauptkommissar im graumelierten Anzug hat sich für ein Fischsandwich entschieden. Er überfliegt den Artikel, und als ein Mann von schneller Auffassung nickt er anerkennend zu dieser Veröffentli-

chung. In Anlehnung an den Urheber des Artikels aus Tirol schwärmt Beluge von seinem jüngsten Besuch in Kitzbühel. Der Konsul wiederum kennt das Zillertal. Nach diesem Abstecher in die Tiroler Bergwelt ist Beluge gespannt, was der Konsul ihm zu berichten hat. Die Einladung kam per Telefon und der Konsul klang recht geheimnisvoll. Claudius hat eine Visitenkarte mitgebracht, die er letzte Woche von einem Händler mit spanischer Adresse bekommen hat. Den Überbringer kann er recht gut beschreiben: ein hochgewachsener Mann, eins fünfundachtzig, Anfang vierzig, mit passablen Deutschkenntnissen. Äußerst gepflegt gekleidet, er hat eine Narbe an der linken Wange, parallel zum Kinn, einen Dreitagebart. Erschien mit einem dunkelblauen Sportwagen, vermutlich ein Maserati.
»Was hat er angeboten?«
Curt Claudius klopft auf die Abbildung in der Zeitschrift mit dem Artikel über ein Mädchenporträt von Cennini.
»Verstehe«, murmelt Beluge. »Es scheint, dass sich eine neue Einkaufsquelle für den südamerikanischen Markt etabliert, nachdem die Altnazis dort langsam aussterben. Ich werde Kontakt mit dem Autor aufnehmen. In welcher Stadt war das, sagen Sie?« Claudius ruft seine Sekretärin an, die das herausfinden soll.

»Ach, in dieser Ecke ist das«, meint André Beluge. »Da kommt man doch vorbei am Weg zum Skifahren nach Ischgl.«

»Ich hatte mit diesem Spanier bisher keinen Kontakt mehr«, kommt Claudius wieder zur Sache. »Ich bin mir aber sicher, er wird eine Antwort erwarten.«

»Ich werde jedenfalls die österreichische Kriminalbeamtin und den Kunsthistoriker nach Hamburg einladen. Das wird zwar kein Staatsbesuch, aber wir werden erfahren, was sich da unten in Tirol auf dem Kunstmarkt zusammenbraut.«

André Beluge bedankt sich höflich für die Einladung und verabschiedet sich.

10

Dem Bezirkspolizeikommando in Landeck wird von der Redaktion der städtischen Wochenzeitung »Rundschau« ein Mail aus Kopenhagen übermittelt. Eine dänische Landsfrau hat den Zeitungsartikel über den Fund der angeblich wertvollen Bilder im Netz entdeckt und bittet die Redaktion um Mithilfe bei ihrer Suche nach dem Kunsthistoriker, der die Untersuchung durchgeführt hat. »Ein Lottosechser« lautet die Überschrift zum Artikel im Netz.

Zum Porträt mit dem Mädchenkopf hat sie einige kurze Erklärungen angefügt: Ihr Großvater mit nicht lupenreiner arischer Herkunft war in der NS-Zeit gezwungen, in einem Arbeitslager Kunstwerke zu kopieren, und hat Mädchenporträts in Serie angefertigt. Den Nachlass dieses Künstlers bewahrt sie in ihrem Haus nördlich von Kopenhagen auf, persönliche Werke, aber auch später entstandene Nachbildungen aus der Erinnerung an die Kopieraufträge und weitere Hinweise auf seine Tätigkeiten während des Krieges hat er hinterlassen. Sie bezeichnet es als eine wahre Fundgrube für die Kunstwelt und ist bereit, dieses Vermächtnis zur Verfügung zu stellen, vorausgesetzt es wird seriös kuratiert.

Ein Herr Hauptkommissar André Beluge aus Hamburg hat mit Luis P. ein langes Telefonat geführt und den Verfasser

der Abhandlung über die Echtheitsbeurteilung am Beispiel eines entdeckten Bildes vom Trödlermarkt zu einem vertiefenden Gespräch nach Hamburg eingeladen.
Und weil der redselige Herr Kunsthistoriker gleich mit der ganzen Geschichte herausgerückt ist, hat der Kommissar spitze Ohren bekommen und dazu die ermittelnde Kriminalbeamtin ebenfalls zu einem Gespräch gebeten.
Dass sich die beiden aktuell für einen Besuch in Dänemark vorbereiten, freut den Herrn Hauptkommissar, so erwartet er sie in Hamburg auf ihrer Rückreise aus Skandinavien.
Luis P. ist Feuer und Flamme. Er sieht seine Theorie zur Geschichte und Herkunft der Kunstwerke in der richtigen Spur. Auf den Besuch bei der Enkelin des Kunstfälschers ist er gespannt und mehr noch auf die Sichtung des Nachlasses.
Im Laufe des Tages treffen die Tickets für den Flug nach Kopenhagen ein, bezahlt von der deutschen Polizei! Großzügig, wie der Bezirkspolizeikommandant bemerkt, er begleitet die beiden zum Flughafen.

In Kopenhagen ist ein Hotel ganz in der Nähe der Wohnadresse der Dame für die Übernachtung gebucht.
Das Viertel im Norden der Hauptstadt wirkt ländlich und ist doch kein Vorort. Einige Botschaften sind dort angesiedelt. Ein strammer Wind weht am Morgen, als sie vor dem eingeschossigen Haus mit Strohdach aus dem Wagen steigen.
Die Gastgeberin hat ihre Gäste vom Hotel abgeholt, die Begrüßung war herzlich. Die resolute Frau schlug vor,

gleich zu ihrem Haus zu fahren, um die Artefakte zu besichtigen. Vor dem Eingang spüren sie den für Alpenbewohner ungewohnten Wind vom Meer her, das zwischen den Häusern graublau herüberblinkt.

Aus dem Vorraum führt sie ihre Gäste in die Diele und weiter in einen großen, hellen und hohen Wohnraum. Ein großes Fenster öffnet den Blick direkt auf eine Wiese und auf das erschreckend nahe Meer.
Lene, die Gastgeberin, rückt Stühle an den großen Tisch. Aus einem Wandschrank holt sie eine Mappe und knöpft die Bänder auf. Ein Stapel von losen Papieren und Zeichnungen kommt zum Vorschein.
»Arbeiten meines Großvaters«, sagt Lene und breitet einige Blätter vor ihren Besuchern aus.
»Sehen Sie sich die Mappe in Ruhe an«, ermuntert sie die Gäste »damit bekommen Sie einen ersten Eindruck von den virtuosen Techniken, die mein Großvater beherrschte.«
Luis und Claire sind angetan von der Vielfalt der Motive.
»Bleistift, Silberstift, Rötel, Kreide, Pastell«, sagt Lene. »Er war in allen Techniken sehr geschickt! Aber lassen Sie mich die Geschichte von vorn erzählen: Meine Mutter ist vor Jahren gestorben und hat mir einige Kisten vererbt, die von ihrem Vater, meinem Großvater mütterlicherseits stammen. Er starb, als ich zwölf Jahre alt war, und ich kannte ihn nur flüchtig. Vom Großvater hat meine Mutter nie gesprochen. Aufgewachsen ist sie bei einer Tante mütterlicherseits. Die Großmutter hat sich nie um ihre

Tochter gekümmert. Großvater kam erst im Herbst 1945 aus der russischen Kriegsgefangenschaft zurück, da war seine Frau über alle Berge. Meine Mutter war zu dieser Zeit zwölf. Ihr Vater hat sie erst im folgenden Frühjahr erstmals besucht, aber wegen des fehlenden funktionierenden Haushaltes bei der Tante gelassen. Das hat er in einem langen Brief niedergeschrieben. Dieser Brief, er ist an mich gerichtet, hat einiges ans Licht gebracht, das ich lange nicht wusste und nicht verstand. Der Kontakt meiner Mutter zu ihrem Vater war spärlich und das Klima fröstelnd bis eisig. Sie hat es ihm offenbar nie verziehen, dass es kein Familienleben gegeben hat, obwohl er ja wenig ausrichten konnte, weil doch die Mutter im Hause fehlte. Er muss recht einsam gewesen sein und vielleicht auch in gewissem Maße hilflos. Nach dem Krieg konnte er nie mehr richtig Fuß fassen, wie man landläufig sagt. Trotz seiner herausragenden Talente hat er es nicht geschafft, sich als Künstler zu etablieren. Es gibt von ihm, ich habe das nachverfolgt, keine einzige Ausstellung oder Beteiligung an einer Ausstellung. Er war nach dem Krieg kränklich und in ständiger Behandlung bei Ärzten und in Sanatorien. Die Lungen haben Probleme gemacht, er konnte sich kaum bewegen und auch nicht für längere Zeit verreisen.
Wie er es finanziell geschafft hat, ein eigenes Haus zu führen und zu besitzen, ist mir ein Rätsel. Bis vor einigen Tagen, oder sagen wir bis zu dem Zeitpunkt, als der Artikel von dem Bild mit dem Mädchenporträt auch im Netz nachzulesen war, habe ich keine der Kisten im Keller angerührt.

Dann erst habe ich mich dahintergeklemmt, seinen Nachlass grob gesichtet und einige Briefe studiert.
Er hat in einem langen Brief an mich, an dem er über Jahre geschrieben hat, angedeutet, dass seine Überlebensstrategie der in der Kriegszeit nicht unähnlich war. Er schrieb anlässlich meiner Geburtstage meist längere Passagen. Dazwischen nur immer wieder ein paar Zeilen, als würde das Gedächtnis Episoden und Ereignisse nur bruchstückhaft wiedergeben. Er hat diesen Brief aber all die Jahre nie beendet und nie an mich abgeschickt. Auch war er sich bewusst, dass meine Mutter seine Hinterlassenschaft nicht sichten würde, und so kam das dann auch. Ich habe dieses Konvolut von Zeichnungen, Schriftstücken und Malutensilien in den Kisten nach dem Tod meiner Mutter aus einem Kellerraum ihrer Wohnung geholt und bei mir wieder in den Keller gestellt. Viel zu lange nahm auch ich mir keine Zeit für eine intensive Sichtung. Erst dann, als ich das Bild von dem Mädchen mit den lockigen Haaren im Internet entdeckt habe, hat es mich sofort an eine Zeichnung erinnert, die der Großvater mir gewidmet hat. ‚Frei nach Cennini' steht auf der Rückseite. Das Bild hängt übrigens in der Diele.
Im Brief hat er es dann näher beschrieben: Das Bild des Renaissancekünstlers Cennino Cennini hat sich ein hoher Offizier aus einem Museum geholt und einfach nicht an Goebbels weitergeleitet, wie dies so Usus war. Dieser soll getobt haben, weil sich die Rückgabe nicht bewerkstelligen ließ. Aber das ist wieder eine andere Geschichte.

Zurück zu diesem Porträt: Großvater hat einige Dutzend davon kopiert, nicht freiwillig, jedoch auf den Befehl eines ganz hohen Offiziers, für den er im Krieg gearbeitet hat.« Lene macht eine Pause, sie serviert Gebäck und frischen Tee.

»Großvater war Vierteljude, müssen Sie wissen«, erzählt sie weiter und Luis P. nickt. Das hat er ohnehin vermutet. »Sein Talent beim Malen und Zeichnen hat ihn vor dem Tod im Konzentrationslager bewahrt. Mit einer zusammengewürfelten Truppe von Kunsthandwerkern, im Endeffekt waren sie alle Fälscher, hat er Tag und Nacht in einem Lager gearbeitet, bei durchschnittlich vier Stunden Schlaf. Zur Abschreckung wurden sie hin und wieder nachts und besonders bei feindlichen Flugzeugangriffen im freien Feld an Pfähle gebunden, am Morgen wurden sie dann, meist unterkühlt, wieder eingesammelt. Dadurch sollte das Arbeitstempo gesteigert werden. Im Lager wurden in der streng geheim gehaltenen Abteilung Bilder angefertigt, Fälschungen von alten Meistern und sogar Werke der entarteten Kunst regelrecht kopiert. Eine Truppe aus Druckgrafikern, Kupferstechern, Malern und Chemikern, vor 1942 waren es an die sechzehn Leute. Manchmal verschwand der eine oder andere über Nacht. Es wurde nie darüber gesprochen, wohin die Männer gebracht wurden. An eine Flucht aus dem Lager war nicht zu denken. Außerhalb waren sie vogelfrei und wären, hätte man sie entdeckt, sofort standrechtlich erschossen worden. Im Lager hatten sie mit ihren Fähigkeiten wenigstens eine Aussicht auf eine Verlängerung des Lebens, innerhalb der

Arbeitsräume war es leidlich warm und trocken und sie bekamen auch regelmäßig und sogar warmes Essen. Alle aber mussten sich davor fürchten, eines Tages abgeholt zu werden, weil keiner unter ihnen reiner Arier war. Der Arbeitsdruck war unmenschlich.
Das alles hat er niedergeschrieben und festgehalten. Nach 1943 arbeiteten nur noch drei Mann in der Werkstätte. Großvater hatte dann die Wahl, in ein anderes Lager überstellt zu werden oder sich an die Front nach Russland zu melden. Er hat sich für den Fronteinsatz entschieden. Dort aber hat er sich eine Lungenkrankheit eingefangen.«

Claire hat stichwortartig mitgeschrieben, Luis blättert mehrfach die Mappe durch. Er ist gespannt auf weitere Werke, die Lene aus den Kisten zu holen verspricht.
»Die Werkstätte wurde vom Lagerpersonal geleitet. Allmählich kam Großvater dahinter, wer hinter dieser Einrichtung stand. Den Namen nennt er dann im Brief. Es ist ein Mitglied einer einflussreichen Hamburger Familie, einer, der gute Beziehungen nach oben hatte und sich auskannte in der Kunstwelt und auf dem Kunstmarkt. Einer, der Bescheid gewusst hat über die Praktiken der Kunstvermittler, die von Goebbels eingesetzt worden waren, mit den Werken entarteter Kunst Geld und Devisen zu lukrieren.
Großvater nennt vier Herren. Diesen hat der als Offizier eingesetzte Lagerleiter sehr kreativ zugearbeitet: Als die Bilder der Künstler, die mit Berufsverbot belegt worden waren, rar wurden, musste die Werkstätte eben Fälschungen anfertigen. Zur Tarnung für die Transporte wurden

diese Werke hinter anderen versteckt. Diese Bilder waren Kopien von bekannten Originalen, wie eben der Mädchenkopf von Cennini. Der Zweck war, dass niemand die verbotenen und geächteten Bilder zu Gesicht bekam, der nicht befugt war. Die Eingeweihten waren informiert. So machte man damals viel Geld mit der entarteten Kunst.
Um nicht allzu viele Kopien in Umlauf zu bringen, wurden ständig neue Motive samt der entsprechenden Provenienz erfunden. Sammler in der Schweiz und in Übersee kauften die Exponate zu hohen Preisen.
Mit Fortdauer des Krieges wurden immer mehr Soldaten an den Fronten benötigt. Dem Fälscherlager kamen die Fachleute abhanden, und so geriet der leitende Offizier unter Druck, weil er nur mehr eingeschränkt und mit Verspätung liefern konnte. Außerdem stagnierte die Qualität der Fälschungen, so ist er doppelt in Ungnade gefallen, bei den offiziell eingesetzten Kunstvermittlern und dann auch bei Goebbels selber, weil ihm vorgeworfen wurde, er habe Kunstwerke beiseitegeschafft und Geld in seine eigenen Taschen gewirtschaftet.
Das hat ihn aus der Bahn geworfen, und schon einige Tage vor Kriegsende hat er sich auf einem Schiff in Richtung Südamerika abgesetzt. Seiner Familie wurde mitgeteilt, er sei bei einem Luftangriff ums Leben gekommen, und er galt daher als vermisst. Großvater hat einige Informanten nach dem Krieg besucht, die ihm glaubhaft versicherten, dass der Offizier in Südamerika gelandet war und mittlerweile in Kolumbien lebt. Unter anderem Namen und mit einer neuen Familie. In Hamburg hinterließ er seine

Ehefrau, zwei halbwüchsige Kinder und einen Keller voll mit Kunstwerken, um die sich sein Bruder angeblich kümmerte und die unbeschadet blieben, auch dann, als ein Teil des Anwesens bei Bombenangriffen beschädigt wurde.« Claire möchte den Lebensbrief sehen. Lene bringt einen Karton mit einem Stoß von Blättern, von Bindfäden zusammengehalten, alles handschriftlich verfasst, in einer brillant gestochenen Kurrentschrift.
»Das ist das Ergebnis von Aufzeichnungen über viele Jahre«, sagt sie.
»Hat Ihr Großvater die Drahtzieher von damals namentlich genannt?«
»Bis heute habe ich nur wenige Namen entdeckt. So als wollte er die Leute schützen, weil er praktisch mit dem Leben davongekommen ist.
Auf der Rückseite eines der Bilder gibt es eine Notiz, es könnte eine Adresse in Spanien oder in Südamerika sein. Das hatte aber keinen Bezug zur Vorderseite, ich habe den Eintrag überflogen, weiß aber nicht mehr genau, wo ich das gesehen hab.«
»Können Sie sich an Einzelheiten erinnern?«, fragt Claire in der Art einer aufmerksamen Kriminalistin.
Es ist schon weit über Mittag, Lene bittet ihre Gäste in einen benachbarten Raum. Auf einem ovalen Tisch in der Raummitte liegen dutzende Schriftstücke: Bücher sowie Loseblattsammlungen in blauen Kartoneinbänden. An einer Seite sind Stühle aufgereiht, an der anderen Wand stehen zwei große hölzerne Truhen mit gewölbten Deckeln, auf denen sich Umzugskartons stapeln.

Ein Paradies für Luis, der gar nicht weiß, wo er anfangen soll. Claire sucht auf dem Tisch einen Platz für ihre Teetasse, entscheidet sich dann aber für das Fensterbrett, um nur keinen Schaden an den Papieren anzurichten.

Lene erzählt, dass sie einen Kunstgeschichtestudenten aus ihrem Bekanntenkreis überreden konnte, mit der methodischen Sichtung zu beginnen.

»Es gibt eine Spur nach Polen, gleich hinter der deutschen Grenze«, berichtet sie ihren Gästen.

»Dort soll es angeblich ein Lager geben, das der hohe Offizier und einige Kommilitonen heimlich angelegt haben. Von einer Kirche hat er berichtet, in der es ein Versteck mit Kunstwerken geben soll, die damals produziert wurden. Dazu hat er eine Adresse hinterlassen, aber nur sehr kryptisch beschrieben, es braucht noch eine Menge Zeit, schon um allein das aufzuarbeiten.«

»Wo ist die angekündigte Zeichnung mit dem Mädchenkopf?«, fragt Luis. Lene holt ein gerahmtes Bild von der Wand der Diele und legt es auf den Tisch. Luis ist mit einer schwenkbaren Leuchtleselupe ausgestattet, die an einem Stirnband befestigt ist. Wenn er sie aufsetzt, um die Hände frei zu haben, sieht das aus wie ein Heiligenschein. In der Hand hält er ein Metermaß und das Handy, abwechselnd Notizbuch und Bleistift, ein Skalpell blitzt hin und wieder auf. Claire ist entsetzt, dass Luis, ohne es angekündigt zu haben, gleich ans Werk geht. Das Bild lässt sich mit wenigen Handgriffen aus dem Rahmen heben. Die Nase von Luis vibriert wie bei einem Jagdhund, der die Spur einer Beute aufgenommen hat.

»Ja, der Unterschied ist leicht erkennbar«, sagt er.
»Dieses Bild hier ist keinesfalls ein Original von Cennini, aber es ist, bedenkt man das Herstellungsdatum von 1955, das er vermerkt hat, eine verblüffend gute Nachbildung. Dabei musste er auch das Papier entsprechend grundieren und vorbereiten, um eine gute Silberstiftzeichnung anfertigen zu können. Ein Mann mit überragenden Fähigkeiten!«, attestiert Luis dieser Arbeit zur sichtbaren Freude von Lene.
»Selbst die Haarlocken sind wie bei den anderen Bildern exakt im gleichen Duktus gezeichnet.«
»Wenn man davon ausgeht, dass die Fälschungen aufgrund eines Originals angefertigt worden sind«, philosophiert Claire, »dann muss doch einer der Mädchenköpfe das Original sein!«
»Es besteht durchaus die Möglichkeit, dass die Kopie aus dem Kloster demnach eine Kopie vom Original ist«, meint Luis.

11

Luis und Claire werden am nächsten Morgen von Lene persönlich zum Flughafen gefahren. Lene bedankt sich nochmals für die Gastgeschenke aus Tirol, welche die beiden zusammengestellt und glücklich durch die Flughafenkontrollen gebracht haben: eine Auswahl an regional erzeugten Lebensmitteln mit Speck vom Handl, Schnaps von Kössler und einer Auswahl von Schokolade von Haag. »Mir ist eingefallen, ich habe die Adresse, die ich gestern erwähnte, als Bleistiftnotiz auf einem der Briefe an mich in Erinnerung. Flores stand da und Bogotá habe ich entziffert, an mehr kann ich mich nicht erinnern. Vielleicht ist es auch nicht wichtig«, sagt Lene und wünscht den beiden einen angenehmen Rückflug.

Auf dem Rückweg nach Hamburg resümiert Luis die bisherigen Eindrücke von der Reise. Der Besuch in Kopenhagen hat seine Theorie zur Entstehung der Bildwerke in der Kriegszeit bestätigt. Mit Lene hat er vereinbart, in engem Kontakt zu bleiben, um ein bibliographisches Werk über den Künstler, ihren Großvater, zu verfassen, das exklusive Recht dafür hat sie ihm zugesagt. Luis freut sich, hätte er doch nie gedacht, seine Karriere als Kunsthistoriker ausgerechnet wegen eines Fälscherringes zu starten. »Dann werde ich den Job als Taxifahrer aufgeben müssen«, meint Luis und seufzt dabei. »Ich mache das gern, besonders nachts.«

Am Flughafen in Hamburg werden sie vom Hauptkommissar André Beluge begrüßt. Er wartet in seinem hellgrauen Anzug und winkt ihnen zu. Es ist elf Uhr vormittags, er hat einen bequemen Wagen mit Panoramascheiben und Chauffeur bestellt, um seine Gäste mit einer Rundfahrt durch seine Stadt zu erfreuen. Zwischendurch erzählen sie ihm vom Besuch bei Frau Lene in Kopenhagen. Beluge berichtet, er habe sich am Markt umgeschaut nach weiteren Cenninis, aber diese scheinen sich im Moment in Tirol aufzuhalten, bemerkt er scherzend.
Er zeigt ihnen die Speicherstadt, führt sie in die Altstadt und in die Elbphilharmonie.
»Hamburg in nur zwei Tagen erleben zu wollen ist eindeutig zu kurz«, meint er. »Wenn wir heute noch einige Aspekte von den aufgetauchten Bildern besprechen, haben Sie zumindest morgen frei und noch etwas Zeit für die wichtigsten Sehenswürdigkeiten. Der Wagen und mein Chauffeur stehen jedenfalls bereit. Ich möchte Sie heute noch kurz mit dem Galeristen Claudius bekanntmachen, dem Mann, der mir vom Angebot eines Spaniers für einen Cennini berichtet hat. Konsul Curt Claudius genießt einen hervorragenden Ruf in der Branche, er ist einer der Besten seiner Zunft, ihm ist in seiner Laufbahn noch kein Fehler mit Provenienzen unterlaufen, und das heißt schon einiges.« Beluge gibt Anweisung an den Fahrer, den Weg in das Café am Venusberg zu nehmen, und sagt, zu Luis gewandt: »Berichten Sie uns bitte ausführlich über Ihre Einschätzung zum Nachlass der Dame aus Kopenhagen.«

Das Treffen mit Herrn Claudius dauert bis in den späten Abend. Erst nach einer nächtlichen Rundfahrt an den Hafen und durch einige Lokale in der Stadt werden sie im Hotel abgesetzt. Selbst für Luis waren die Erlebnisse ermüdend, eine Einladung von Claire an die Bar des Hotels zu einem letzten Drink vor dem Schlafen lehnt er ab. Dafür ist er aber am Morgen schon zwei Stunden vor dem vereinbarten Frühstückstermin nach einem ausgedehnten Spaziergang an die Landungsbrücken zurück.
Zum Frühstück an der Alster hat sich auch der Hauptkommissar wieder eingefunden. Die Geschichte vom Großvater der Dame aus Kopenhagen ließ ihn kaum einschlafen und er verspricht herauszufinden, wo in Südamerika der ausgewanderte Offizier gelandet ist.
Die vage Angabe von Namen wie Flores und Bogotá, an die sich Frau Lene erinnerte, hat er notiert.
»Sagten Sie nicht, die Mutter Oberin sei Äbtissin in Südamerika gewesen?«
Claire kennt die Stelle im Bericht der Befragung ihrer Kollegen auswendig und gibt dem Herrn Hauptkommissar »Seite fünf« zur Antwort.

Nach einem herrlichen Tag mit vielen Eindrücken in der norddeutschen Stadt fliegen sie zurück. Claire bleibt über Nacht in München, während sich Luis auf den Weg nach Innsbruck macht.
Eine spezielle Aufgabe wartet am morgigen Tag auf Claire: Sie hat die Familienangehörigen des Mannes ausgeforscht, der als Freund nach dem Krieg und nach dem langen

Fußmarsch aus der Gefangenschaft zum Großvater von Antonia und Rose gekommen ist.
Claire verspricht sich von diesem Besuch, den sie telefonisch angekündigt hat, einige aufschlussreiche Details.

Der Herr Hauptkommissar hat doch versprochen, sich um den geheimnisvollen Spanier zu kümmern, der dem Galeristen eine Cennini-Zeichnung angeboten hat. Das verspricht, effektiver zu sein als die Suche nach einem ausgewanderten Soldaten.
Aber warten wir's ab, denkt Claire.

12

Schon bei der Fahrt an den Tegernsee fallen die traditionell gebauten Häuser mit ihren weit überkragenden Vordächern auf. Die Landschaft ist gepflegt, saftiges Grün überall, in den Fensternischen üppige Blumentröge. Die Büsche blühen, in den Gastgärten stehen alte Bäume. Eine rundum gesunde Natur, stellt Claire fest. Und was hier zudem sehr angenehm auffällt: Es stören keine unnötigen Beschilderungen. Schon von weitem lässt der Verlauf der Straße immer wieder Blicke auf den See und einige Orte zu. Das Navi zeigt zwei Kilometer bis zum Ziel.

Claire hat sich telefonisch angemeldet. Die beiden Damen, die hier wohnen und arbeiten, sind zwar verwundert über den Besuch einer ausländischen Polizistin, aber nach eingehender Erklärung waren sie doch gern bereit und zudem recht neugierig.

Die Straße endet vor dem Anwesen, das im ersten Moment nicht zu erkennen ist, weil die wuchernde Natur neben Gebüschen große Bäume wachsen ließ. Claire stellt den Mietwagen an einem bekiesten Parkplatz ab und sucht den Eingang zum beschriebenen Anwesen hinter dem wuchernden Grün. Parallel zum Hang steht ein weißes Haus, eine Nische mit einer zurückversetzten Eingangstür empfängt die Besucherin. Von hier oben eröffnet sich ein herrlicher Blick über die Landschaft mit dem türkis schimmernden See. Eine Frau öffnet, es dürfte die jüngere der beiden Damen sein, sie empfängt den Gast herzlich und mit sichtlicher Neugier. Claire wird ins Haus geführt. Ins Atelier, erklärt die Dame und stellt ihre Mutter vor, die an einem Zeichentisch sitzt und skizziert. Sie legt ihre Blätter zur Seite und wendet sich der Besucherin zu.

»Wir gehen nach oben in die Wohnräume«, sagt sie resolut. Claire hat nicht erwartet, dass die alte Dame so schnell vorangeht, dass es ihr Mühe macht zu folgen.

Zur Seeseite kragt ein Balkon auf der vollen Hauslänge aus, auf der Bergseite eingeschnitten öffnet sich eine überdachte Terrasse. Die Küche liegt in der Mitte des Grundrisses, mit einem gemütlichen Sitzplatz an den raumhohen Fenstern. An eine Seite grenzt ein großer Essraum, zur anderen Seite zwei Wohnräume. Eine Treppe führt nach oben in die Schlafräume.

Claire hat nach wenigen Minuten einen vollständigen Überblick.

Auffällig sind die vielen Bilder an den Wänden – Zeichnungen, Fotografien, Gemälde.

Skulpturen stehen auf Sideboards oder auf dem Boden, Figuren aus Holz, Stein und Bronze. Selbst auf der Terrasse sind welche aufgestellt. Trotz der Vielfalt wirkt aber nichts in diesen Räumen überladen oder altmodisch. Nur an den weiß lackierten Fenstern mit den Sprossenteilungen erkennt man, dass das Gebäude schon einige Jahrzehnte steht. Selbst die eingebauten Möbel wirken neu.

Beide Damen mustern ihre Besucherin und erfreuen sich an ihrem Interesse für das schöne Haus.

»Sie haben sich offenbar schon über unsere Familienverhältnisse informiert und wissen, dass dieses Haus ein Werk meines Vaters und des Großvaters meiner Tochter ist. Er hat es bald nach dem Krieg gebaut. Und es macht uns auch nach dieser Zeit noch jeden Tag Freude, darin zu leben. Die Sonne flutet den ganzen Tag herein und heizt die Räume doch nicht unnötig auf.«
Claire steht an den Bildern, zwischen einer Wand und der nächsten huscht sie hin und her.
»Können Sie mir Näheres zum Mädchenporträt erzählen?«
Die beiden Damen setzen sich, für Claire haben sie eine Tasse Tee hingestellt. Claire packt einige Schriftstücke und Fotos aus ihrer Tasche, erzählt den Hergang seit dem Tod von Rose. Hin und wieder zieht sie ein Foto aus dem Stapel und zeigt es den Damen, die andächtig zuhören. Über die in Kopenhagen erlebte Geschichte mit der Enkelin des Künstlers, der während des Krieges gezwungen wurde, Fälschungen anzufertigen, berichtet sie und staunt selber über die Ereignisse, die sich inzwischen angesammelt haben. Es ist ein ausführlicher Bericht und es gibt kaum Zwischenfragen. Die jüngere der beiden Damen hat einen Stapel von Fotoalben geholt, sie blättert bedächtig und erzählt Episoden aus dem Leben ihres Großvaters. Das erste Album beginnt mit den Abbildungen eines Jünglings von etwa siebzehn Jahren, Schwarzweißfotografien vom Bergsteigen in den Alpen und Wanderungen im Gebirge. Einige Male zeigt sie auf einen Burschen, den sie als den Großvater von Antonia und Rose beschreibt, einen Bergführer aus Tirol. Die Mutter erzählt an dieser Stelle

die Geschichte der Rückkehr ihres Vaters aus der Gefangenschaft in Russland, zeigt einige wenige Fotos eines abgemagerten jungen Mannes in einem nächsten Album. Im dritten Buch sind die Fotografien färbig. Aus dem jungen Mann ist ein stattlicher Herr mit krausen Haaren geworden. Aufnahmen zeigen ihn auf der Fahrt im offenen Wagen mit seiner Familie – seiner Frau, seiner Tochter und seinem Sohn. Eine Fahrt auf einen Bergpass mit hohen Felswänden und Schluchten, eine Fahrt nach Italien über den Brenner, mit Aufenthalt am Gardasee. Einige Aufnahmen zeigen weitere Italienurlaube. »Die geliebte Toskana«, sagt die Ältere der beiden. »Dort hat er sich mit fast siebzig ein Ferienhaus gebaut«, einige Seiten später zeigen Aufnahmen das Haus, umgeben von üppigem Grün. Tierbilder folgen, Hühner, Kaninchen und Hunde.

Claire blickt sich um, die Ältere der beiden hat begriffen, wonach ihr Gast sucht.
»Wir haben leider keinen Hund mehr im Haus. Wir mussten ihn einschläfern lassen«, berichtet sie und wischt sich Tränen aus dem Gesicht.
Bei einem der Fotos aber stutzt Claire, es ist die Aufnahme, die den Vater mit seinem Tiroler Freund zeigt. Als ein weiteres Foto zum Vorschein kommt, ist ihr klar:
Dasselbe Foto hat sie von Antonia als Beweis für ihren Besitzanspruch an dem Bild, das die Oberin so bestimmend für das Kloster reklamiert hat, bekommen.
»Diese Aufnahme hat unsere Mutter gemacht«, sagt die ältere Dame. »Sie fuhren gerne nach Italien und haben die

Bekannten in Tirol auf dem Weg dahin oft besucht. Der Freund hat meinem Vater auf seinem Weg aus dem Krieg nach Hause, für das letzte Wegstück also, seine einzige Lederhose mitgegeben und eine gewalkte Jacke. Sie haben ihn einige Tage bei sich behalten und verpflegt, damit er wieder etwas zu Kräften kommt für den weiteren Weg. Das hat Vater später noch oft erzählt. Zum Dank hat er ihm ein Bild mitgebracht. Ich habe die Rechnung für die Rahmung inzwischen in den Unterlagen entdeckt, weil wir uns auf Ihren Besuch vorbereiten wollten. Das Bild stammt aus einem Versteck in einer polnischen Kirche. Dieses eine Bild hat ein Bekannter des Vaters ihm zugedacht, aus Dankbarkeit dafür, dass er ihn zwei Jahre im Büro der Fabrik beschäftigt hat, in der Vater als Konstrukteur beschäftigt war. Der Mann war kein Arier, seinen Namen haben wir nie erfahren. Nach dem Krieg hat er Vater einmal besucht. Vater wollte ihn für eine Assistenzstelle in der Akademie gewinnen, aber das hat er aus gesundheitlichen Gründen abgelehnt, soweit ich mich erinnern kann. Vater ist dem Künstler während seiner Gefangenschaft in Russland wiederbegegnet. Dort hat er ihm das Versteck verraten, das Vater bei seiner Heimreise aufgesucht hat. Das Bild, das für ihn bestimmt war, sei sehr wertvoll gewesen und habe ausgereicht, nach dem Krieg sein Büro wiederaufzubauen, das zerbombt war. Aber Vater hat es nicht eingelöst, er hat gleich nach seiner Heimkehr wieder viele schöne Aufträge bekommen. So hat er das wertvolle Bild seinem Freund in Tirol geschenkt. Über den wahren Wert war sich Vater wahrscheinlich nicht klar, aber bedenkt man, es wäre ein echter Cennini, wäre der Wert heute dementsprechend hoch.«

»Vater hat dieses eine Bild von Polen heil bis nach Hause gebracht. Mehrmals musste er Flüsse durchschwimmen und hatte die größte Mühe, seine Kleidung und das Bild halbwegs trocken zu halten.«

»Wissen Sie mehr über das Versteck in dieser Kirche in Polen?«, fragt Claire.

»Ich war einmal bei einem Gespräch meines Vaters mit einem Kriegskameraden anwesend«, berichtet die Ältere der Damen.

»Es war schon spät, wir Kinder sollten schon längst schlafen, ich lag mit meinem Bruder und unserem Hund unter der Küchenbank, deshalb konnte ich mithören. Am nächsten Morgen haben uns die Eltern gesucht und in der Schlafstätte unseres Hundes entdeckt. Das haben sie uns noch oft vorgehalten, aber vom Inhalt des Gespräches weiß ich nur noch, dass sehr viel mehr an Kunstwerken in dem Versteck zu finden seien.«

Nach einem Blick auf die Uhr wird es Zeit für Claire, sich zu verabschieden. Beide Damen lassen es sich nicht nehmen, ihren Gast zu ihrem Wagen zu begleiten. Es ist später Nachmittag, sie stehen vor dem Haus mit dem weiten Blick über das Land und den See.

»Ich bin froh, dass mir jetzt gerade noch einfällt, was wir Ihnen schon die ganze Zeit berichten wollten«, sagt die Jüngere.

»Vor etwa drei oder vier Wochen hatten wir Besuch von einem Geistlichen.« Claire denkt angestrengt nach, wo ihr

das letzte Mal über den Besuch eines Geistlichen berichtet wurde.
»Ein gutaussehender Mann mit einem deutlichen Ansatz von grauen Haaren tauchte bei uns auf, nachdem er den halben Ort nach uns abgefragt hat. Erkundigt hat er sich nach dem Bild von Cennini mit dem Mädchenkopf. Es sei im Besitz eines Bekannten, der es per Testament der Kirche vererbt habe. Woher er diese Informationen habe, haben wir ihn gefragt und warum er ausgerechnet bei uns auftauche. Es sei die Auskunft einer Rahmenwerkstätte in München gewesen, die dieses Bild 1947 gerahmt hat.
Wir erinnerten uns dann allmählich an Vaters Geschenk für seinen Freund in Tirol, die Adresse haben wir von einem Brief abgeschrieben, den wir in Vaters Mappen gefunden und dem Priester mitgegeben haben. »Nach dem, was Sie uns heute erzählt haben, hoffen wir doch nicht, dass dieser Besuch mit dem Tod der jungen Frau in Zusammenhang steht«, meint die Jüngere. »Er war recht sympathisch und hatte gute Manieren, der Spanier. Schade, dass wir ihn nicht nach seiner Adresse gefragt haben.«
Claire erinnert sich, es war Antonia, die denselben Mann beschrieben hat, allerdings mit dem Unterschied, dass der Besuch ihr sehr unheimlich war.

13

Am Polizeiposten arbeitet sich Claire durch Anfragen und Berichte. Der angedrohte Anwaltsbrief liegt auf ihrem Tisch. Zwischendurch erzählt Claire ihrem Kollegen Max von den Erlebnissen in Dänemark und Hamburg und von ihrem Abstecher an den Tegernsee.
Der Anwalt fordert die überfällige Rückgabe des beschlagnahmten Bildes aus dem Frauenkloster. Er setzt eine Frist von einigen Tagen, die in der Zwischenzeit aber wegen der Reise von Claire und Luis schon abgelaufen ist. Telefonisch erreicht sie den Anwalt nicht. Um ihre Verspätung zu erklären, fährt sie direkt zum Kloster und möchte die Angelegenheit persönlich mit der Mutter Oberin besprechen. Sie packt das Bild ein, das wieder im Rahmen liegt, um es zurückzubringen.
Anwalt hin oder her, denkt sie, ich werde den Sachverhalt darlegen, dann wird sich das drohende Unheil auflösen.
Eine Ordensschwester öffnet die Pforte, lässt sie aber nicht ein: Die Mutter Oberin sei nicht anwesend, wird ihr knapp mitgeteilt und die Tür vor der Nase zugeschlagen. Das geht so schnell, dass Claire ratlos und perplex davor stehen bleibt. Erst als sie im Begriff ist, unverrichteter Dinge zurückzufahren, gewahrt sie eine Hand, die aus einer kleinen Nische des Umfassungsbogens ragt. Die Hand streckt ihr einen gefalteten Zettel hin. Claire bückt sich, um zu erspähen, wem die Hand gehört, nimmt ihn

an sich, erkennt in einem Bruchteil einer Sekunde die stumme Schwester, die schnell die Luke wieder schließt. Zurück am Bezirkspolizeikommando telefoniert Claire mit dem Anwaltsbüro des Klosters und wird prompt durchgestellt. *Ein verständiger Mann*, findet Claire, der verspricht, die verspätete Rückgabe des Bildes seiner Mandantin zu erklären.

Von der Fälschung des Bildes aber informiert sie den Anwalt nicht.

Nachmittags wählt Claire erneut die Nummer im Kloster. Sie möchte mit der Mutter Oberin über einen Termin für die Rückgabe sprechen.

»Ist nicht im Haus« ist die knappe Antwort, das Gegenüber legt auf.

Beim nächsten telefonischen Versuch kann man ihr nicht sagen, wann die Oberin wieder zu sprechen ist. Sie sei im Haus, habe aber keine Zeit, ist der Telefonistin zu entlocken. Bei einem weiteren Anruf hebt niemand ab.

Claire überlegt, was die Zeichnung auf dem Zettel bedeuten könnte.

Die Zeichnung zeigt eine menschliche Figur, einen Mann vermutlich, mit einem Kreuz auf der Brust und einem Heiligenschein, der über seinem Kopf schwebt.

Einen Priester stellt es dar, denkt Claire. Wenn das eine Botschaft sein soll, warum steht kein Text dabei?

Ist die stumme Schwester nicht in der Lage zu schreiben? Ist sie Analphabetin? Hat die Mutter Oberin einen Priester geholt, bevor der Arzt zur Totenschau gekommen ist? Oder hängt die Botschaft mit dem Bild zusammen?

Claire nimmt sich die Protokolle der Vernehmungen wieder vor. Keine der Schwestern hat einen Pfarrer erwähnt und alle waren sich einig, dass die Gäste wegen der beginnenden Ferienzeit abgereist waren.
Die Einvernahme der stummen Klosterschwester erfolgte über Gebärdensprache durch eine Mitschwester.
Dabei fällt ihr auf, dass der Oberin die Frage nach »einer betriebsfremden Person oder einem Gast im Haus« nicht gestellt wurde.
Könnte das Männerkloster in irgendeiner Weise damit zu tun haben?
Claire hat vor, so bald wie möglich ins Kloster zu gehen, und sinnt nach einer Gelegenheit für eine Unterhaltung mit der stummen Schwester.
Wie aber unterhält man sich mit einer stummen Frau?

Plötzlich erinnert sich Claire: Es könnte sich um den Pfarrer handeln, den schon Antonia erwähnt hat, und auch die Damen am Tegernsee.
Ist es ein und dieselbe Person?
Was hat aber dann die stumme Schwester damit zu tun?

Am nächsten Morgen erreicht Claire die Botschaft am Telefon, die Mutter Oberin sei im Haus, aber leider verhindert. Als gegen elf immer noch kein Rückruf erfolgt, versucht es Claire erneut und erreicht genervt, dass die

Oberin verspricht, am frühen Nachmittag zurückzurufen. Claire versucht es wieder, es ist inzwischen fünfzehn Uhr. Die Telefonistin richtet aus, die Mutter Oberin werde innerhalb einer Stunde zurückrufen, ein Telefonat via Skype! Claire ist zornig. Sie ist fest entschlossen, ihre Kollegen in das Frauenkloster zu schicken, um die arrogante Oberin zum Polizeikommando zu chauffieren, als sich in ihrem Tablet die Anruferin meldet.
Es ist der lange erwartete Anruf aus dem Kloster, die Mutter Oberin sitzt an ihrem Schreibtisch und lächelt ihr entgegen. Claire kocht und gibt sich die größte Mühe, gelassen zu wirken.
»Ich wollte das Bild gestern zurückbringen, aber ich wurde nicht vorgelassen«, berichtet Claire wahrheitsgemäß. »Ihrem Anwalt habe ich daraufhin die Gründe erklärt, warum sich die Rückgabe verspätet hat. Ich hoffe, er hat Ihnen zwischenzeitlich meine Entschuldigung übermittelt.« Die Oberin scheint gut gelaunt zu sein, sie winkt großzügig ab.
»Ich habe den Auftrag von meinem Vorgesetzten, mich für die Verspätung zu entschuldigen«, ergänzt Claire, um das Thema abzuschließen.
»Ich habe vorhin ein Mail unseres Anwalts erhalten, es ausgedruckt, aber noch nicht mal gelesen«, meint die Oberin, »wenn Sie einen Moment warten, werde ich es holen.«
Die Mutter Oberin entfernt sich und gibt den Blick auf das Sideboard hinter dem Schreibtisch frei.
Die Frau kommt mit einem Blatt in der Hand zurück, überfliegt es und legt es beiseite.

»Wenn Sie das Bild gelegentlich überbringen oder einfach bei der Pforte abgeben, ist die Angelegenheit erledigt und vergessen«, sagt sie.
»Es gibt da noch einige Fragen, die ich mit Ihnen klären muss«, sagt Claire. An den Augenbrauen der Mutter Oberin erkennt Claire ihre Überraschung. »Was zum ...«
Das Gesicht der Frau färbt sich sichtlich rot.
»Es ist nicht der Zeitpunkt, das am Telefon zu besprechen«, sagt Claire schnell, um ein drohendes Unheil abzuwenden, das sie der Gesichtsfarbe wegen fürchtet.
»Ich habe noch Fragen zu Gästen, die kurz vor dem Tod von Rose im Haus waren.«
Es kommt keine Antwort.
»Und zur stummen Schwester«, ergänzt Claire, wartet aber dann keinen Vorschlag für eine neuerliche Befragung ab und beendet das Gespräch, indem sie sagt:
»Ach ja, entschuldigen Sie, auch ich habe es eilig«, und ohne einen Gruß abzuwarten, legt sie auf.

Für den Abend hat sich Claire nichts vorgenommen, sie will aber partout nicht nach Hause, denn dort wartet Wäsche, die erledigt werden will. Und dazu hat sie heute absolut keine Lust. Der Weg führt sie in ihr Stammlokal, wo sie ihren Lieblingsplatz einnimmt.
Claire blättert bei einem Gin Tonic in einer Hochglanzzeitschrift. Sie packt ihr Tablet aus und steckt die Kopfhörer ein. Noch einmal will sie sich das Telefongespräch mit der Mutter Oberin ansehen, denn sie hadert mit sich und weiß, dass sie in puncto Gesprächsführung

vehementer auftreten und sich besser durchsetzen muss. Ihre schüchterne Art im Umgang mit den Leuten zeichnet sie nicht als Kriminalistin aus, die erfolgreich vorankommt.

Sie verfolgt das aufgezeichnete Gespräch am Monitor, ärgert sich über ihre ungeschickten Fragen und vor allem darüber, einer cleveren Frau mit einer neuerlichen Befragung lästig zu fallen. Auf dem Monitor erscheint kurz die Anrichte hinter ihrem Schreibtisch, als die Oberin das Mail ihres Anwaltes aus dem Nebenraum holt. Ein paar Gegenstände auf dem Sideboard glänzen im Schein einer brennenden Kerze. Eine weiße Rose in einer Vase verliert Blätter, ein Metallkreuz hängt an der Wand, ein Briefkuvert liegt direkt neben dem heißen Wachs, das auf die Platte tropft. Und ein Blatt mit einer Grafik liegt dort, nein, ein Bild in einem Passepartout ist es!
Claire sucht nach der Taste, die eine Szene stoppt. Ein eigenartiges Gefühl beschleicht sie, es wird ihr heiß im Kopf und vom Rücken her frostig, als würde sich eine Erkrankung ankündigen, unvermittelt und ganz plötzlich. Es gelingt ihr nicht, das Bild am Monitor sekundengenau dort anzuhalten, wo sich dieses unglaublich eigenartige Gefühl bei ihr einstellt. Max ist telefonisch nicht erreichbar. Claire bestellt einen Pfefferminztee. Das Telefon läutet, es ist Max. Er gibt ihr genaue Anweisungen.
Die Sequenz lässt sich sogar in Zeitlupe betrachten.
Jetzt sieht man, dass die Ordensfrau bei ihrer Rückkehr an den Schreibtisch im Vorbeigehen die Kerze gelöscht hat.

Claire hält wieder und wieder an, gerade in dem Moment, als die Sicht auf die Ablage frei wird:
Hier liegt der Grund für ihre Erregung: Ein Bild liegt auf der Anrichte, das sie in letzter Zeit schon oft gesehen hat und das bei ihr eine Gänsehaut entstehen lässt. Es ist wieder ein Bild des Mädchenporträts in Silberstift, deutlich zu erkennen, ungerahmt, aber in ein Passepartout gefasst.

Ist es eine weitere Kopie oder eines der Exponate aus der Fälscherwerkstatt?
Claire packt ihre Sachen und macht sich auf den Weg.
Für die Wäsche ist es zu spät und zudem ist sie gedanklich mit dem Bild beschäftigt. Max anzurufen ist keine gute Idee, ihren Chef am Abend zu stören ist absolut nicht ratsam. So macht sie eine Nachtrunde in der Stadt und landet spätabends in der städtischen Pfarrkirche, weil ein kalter Wind bläst und weil sie hofft, ihre Gedanken hier ordnen zu können.

Bei der Besprechung am Morgen hat der Chef ihr ordentlich Druck gemacht. Nach dem Ausflug nach Dänemark, den Aufenthalten in Hamburg und am Tegernsee sei es an der Zeit, konkrete Ergebnisse zu liefern, war sein Kommentar.
»Wo können die Spuren hinführen?«, fragt der Vorgesetzte. »Die Befragungen im Kloster erscheinen mir als zu lax geführt. Es liegen längst nicht alle Antworten auf unsere Fragen auf dem Tisch!«

Durch ein Geräusch schreckt sie hoch, Sie läuft schnell zur Tür. Ein Schlüssel dreht sich im Schloss der Kirchentür. Wild klopft Claire ans Holz, rüttelt am Türknauf. Nach etlichen Sekunden hört sie den Schlüssel, die Tür öffnet sich, der Mesner erscheint. Er murmelt etwas Unverständliches, das wie »Verzeihung« klingt, und lächelt verlegen. Eine junge hübsche Dame hat er nicht hier vermutet. Claire ist dankbar, einer kalten Nacht entronnen zu sein.

14

Kommissar Beluge hat versprochen, sich umzuhören, was sich über die Porträts des Mädchenkopfes herausfinden lässt.
Claire hat ihm ihre Unterlagen zur Verfügung gestellt.
Seine Aufmerksamkeit galt den Ausführungen von Luis P. und dem Bericht vom Besuch der beiden in Dänemark, speziell der Bericht vom Großvater der Gastgeberin hat ihn sehr gefesselt.
Der Anruf, nur wenige Tage nach dem Besuch in Hamburg, kommt für Claire überraschend und gleichzeitig erlösend:

Beluge hat nach den Beauftragten für den Kunsthandel während des letzten Weltkrieges geforscht und in diesem Umfeld ist er auf einen Namen gestoßen, der sein Interesse geweckt hat. Die Spur hat ihn nach Südamerika geführt, die Recherchen, sagt er, sind bis zum heutigen Tag nicht völlig abgeschlossen. Aber es gibt konkrete Hinweise darauf, dass es eine erstaunliche Spur gibt, die letztendlich zurück ins Frauenkloster führt. Vornehmlich die verwandtschaftlichen Bande der Oberin seien von Interesse, darüber aber sei er nicht ausreichend informiert. Daneben empfehle er, sich um ein Objekt zu kümmern, das in Landeck zu finden ist, eine ältere Villa oder ein herrschaftliches Haus.

Dazu hat er Claire weitere Hinweise gegeben und sie hat gestaunt über die neuen Details, die sich unerwartet auftun.
»Achten Sie auf einen Namen mit den Initialen A. und T.«, hat er noch ergänzt.

Während des Telefongesprächs mit ihrem deutschen Kollegen hat sie sich einen Plan zurechtgelegt. Nach dem Anwesen zu suchen, das Beluge genannt hat, ist nicht schwer.
Die Wahl fällt auf eine Villa, die auf dem Erbwege dem Frauenorden zugefallen ist: eine Immobilie, die derzeit leer steht und von der erzählt wird, dass sie bald umgenutzt werden soll.
Es ist nach längerem Zögern der erste Schritt, den sie tun will, ehe sie der Oberin einen Überraschungsbesuch abstattet.
Es wird Zeit, dass wir durchgreifen, meint sie. Der Chef ist der gleichen Meinung.
»Jetzt aber Nägel mit Köpfen!«, sagt er und gibt grünes Licht für ihre Pläne.

Ihren Wagen hat Claire am Schlossparkplatz abgestellt. Zu Fuß will sie sich ein Bild von der Villa am Waldrand machen und geht etwa dreihundert Meter den Weg entlang von Baumreihen dorthin. Drei Häuser stehen in diesem Teil des Ortes, den Wald im Rücken, umwuchert von sattem Grün alter Baumbestände und mit grandiosem

Blick auf die Stadt. Sie will kein Aufsehen erregen, von den Nachbarn soll ihre Umschau nicht entdeckt werden. Das Haus, im Besitz des Frauenordens, steht seit längerem leer. Gerüchten zufolge soll es als Seminarhaus genutzt werden. Das wird sie demnächst bei einem Besuch im Stadtbauamt überprüfen, vermutlich aber kann darüber ebenso die Oberin Auskunft geben.

Claire ist in Gedanken und überlegt, wie sie sich unerkannt an das Haus heranpirschen könnte, gerade in diesem Moment hört sie ein Räuspern, das sie heftig erschreckt. Es ist Pater Martin, der mit einem Buch in der Hand auf einer Parkbank sitzt und lächelt. Sie hat ihn und die Bank einfach übersehen.

Jede Ausflucht ist zwecklos, denkt Claire, also Flucht nach vorn.

Kurzerhand berichtet sie dem Pater, was sie vorhat. Er meint mitfühlend: »Dabei kann ich dich nicht alleine lassen. Lass uns die Sache gemeinsam angehen, das ist ja wie ein Indianerspiel! Ich werde ohnehin nie mehr erwachsen«, lacht er, »du brauchst einen männlichen Beschützer und ich bin über eine Abwechslung froh. Für die Vorbereitung der Sonntagspredigt habe ich noch genügend Zeit.«

»Dafür werde ich dir den Platz in unserem Stammlokal freihalten«, lacht nun auch Claire.

Auf Pater Martins Rat erreichen sie das Haus über die Rückseite vom Wald her. Der Eingang ist abgesperrt, die Fenster im Untergeschoss vergittert. Eine Außentreppe führt nach unten. Einige kräftige Stöße von Martin lassen die Tür aufspringen, die in einen Kellerraum führt.

Eine Werkbank steht vor dem Kellerschachtfenster, einige Obstkisten sind an der Wand gestapelt. Eine Verbindungstüre zu den anderen Kellerräumen ist fest verriegelt. Pater Martin steigt auf die Werkbank, öffnet das Fenster und löst die Arretierung des Abdeckgitters vom Lichtschacht. Zurück über die Außenstiege, öffnen beide das schwere Gitter, Claire hüpft in den Schacht und gelangt durch das nur angelehnte Fenster in den angrenzenden Kellerraum und damit ins Haus.
Tür offen, ruft sie nach oben, dann steht er schon neben ihr, die Kutte leicht verschmutzt.
Im Haus sind noch sämtliche Einrichtungsgegenstände vorhanden, als wären die Bewohner überraschend ausgezogen. Einzig an den Spinnweben erkennt man, dass das Haus unbewohnt ist. Ein Jahr wird es leer stehen, vermutet Pater Martin, die Witwe war zuletzt allein hier, eine Nachbarin hat sie längere Zeit betreut.
In der Bibliothek sind alle Regale mit Büchern gefüllt, die Laden eines großen antiken Schreibtisches jedoch sind leergeräumt. Auffällig ist, dass in allen Geschossen die meisten Bilder von den Wänden genommen worden sind, an den helleren Stellen der Tapeten gut erkennbar. Offensichtlich wurden sie aus dem Haus getragen, denn selbst auf dem Dachboden waren keine Bilder zu finden. Vereinzelt hängen gerahmte Bilder in den Fluren, Kunstdrucke, wie Pater Martin feststellt. Sogar eine Nachschau in den Kellerräumen gibt keinen Aufschluss über die verbliebenen Bilder. »Die Einrichtung lässt darauf schließen, dass es sich um hochwertige Gemälde

handelt, die fortgeschafft wurden«, meint Claire. Auch ist ihr aufgefallen, dass die Vitrinen im Esszimmer leer sind.

»Das Familiensilber ist nicht mehr hier«, stellt sie fest. »Die Nonnen haben die wertvollen Stücke bereits in Sicherheit gebracht.« Claire und Pater Martin halten Abstand zu den Fenstern, um nicht von den Nachbarn gesehen zu werden. Neugierig betreten sie die vorgebaute Veranda, einen Holzbau, der einstöckig an das massive Gebäude angebaut ist, durch eine der breiten Glastüren. Die Fenster an der Längsseite sind überwuchert von Grün, Kletterpflanzen verdecken den Anbau von außen nahezu vollständig. Durch den großen Wohnraum und die Bibliothek gelangt man in diesen etwas düsteren, schmalen und langen Raum. Zwei gerahmte Porträts hängen an der fensterlosen Wand, ein Mann und eine Frau sind zu sehen, die Eltern der Besitzer, vermutet Claire, oder die Vorbesitzer, meint Pater Martin.

In einer Ecke stehen ein runder Tisch mit einer gehäkelten Tischdecke, die zuvor wohl blütenweiß war, und Thonetstühle. Auf dem Tisch steht eine Vase aus Glas mit Resten von staubtrockenen Blüten. Auf dem Holzboden sind Teppiche über die breiten, gewölbten Dielen ausgebreitet, teils liegen sie auch übereinander, ein Wirrwarr von Farben und Mustern. Claire öffnet eine Tür, die in den Garten führt, weil es in dem Holzanbau stickig heiß ist. Der Blick auf eine bekieste Fläche mit einem uralten Lindenbaum und einer Sitzbank tut sich auf und fängt sich an einer Kletterpflanzenwand, die über einen nahezu senkrechten Felsen wuchert. Kaum zu erkennen ist ein hölzernes Tor, das auf einen Hohlraum in der Felswand schließen lässt, ein Weinkeller vermutlich. Claire nimmt an, dass sie dort nicht von Anwohnern gesehen werden kann, und dreht sich erschrocken zu Pater Martin um, der mit einem Aufschrei plötzlich im Boden zu verschwinden droht. Eiligst kommt sie ihm zu Hilfe. Pater Martin steckt bis zu den Knien in einem Loch, das unter einem der Teppiche nicht auszumachen war. Den verdutzten Mann aus seiner Notlage zu befreien, gelingt nicht auf Anhieb. Erst als sie den Teppich aus der Öffnung gezerrt hat, kann sie seine Beine befreien. »Es tut fürchterlich weh, es brennt, jammert der Pater und Claire hilft ihm auf die Bank unter der Linde, just in dem Augenblick, als ein uniformierter Beamter um die Ecke biegt und Claire vor dem Pater kniet und seinen Rock hochschiebt.

Er sieht das Malheur an den Beinen des Paters und muss hellauf lachen, weil gleichermaßen auch Claire einen hochroten Kopf bekommen hat.

»Ich habe einen Funkspruch bekommen, dass ich nachschauen soll, ob dir etwas passiert ist«, erklärt er seinen Auftritt. Er wirft einen Blick in die verglaste Veranda, geht zu der Unfallstelle und leuchtet mit seinem Handy in die Tiefe.

Vom Polizisten und von Claire gestützt wird der verletzte Pater im Auto ins Kloster gebracht. Dabei hat sie aufgepasst, von dem Loch im Boden, das der Polizist mit dem Teppich zugedeckt hat, abgesehen, möglichst keine Spuren in der Villa zu hinterlassen.

Pater Martin lacht schon wieder, eine kühlende Salbe hat Claire aus der Apotheke geholt.
»Was war denn nun da unten?«, fragt Claire. Sie kann sich das Loch im Boden bislang nicht erklären.
»Ein Raum ist da unten, ein dunkler Keller. Große, hölzerne Kisten stehen dort«, gibt der Polizist Auskunft. Pater Martin jedoch ist sicher, dass auf einen Raum unterhalb der Veranda bei ihrer Inspektion nichts hindeutete. »Keine Tür hat dahin geführt.« Das macht Claire stutzig.
Ein Grund mehr, das städtische Bauamt aufzusuchen.

15

Der Stadtbaumeister legt seine Lupe beiseite und klappt den Deckel des Aktes zu, der verschnürt werden muss, um die Pläne und Schriftstücke im Zaum zu halten.
»Kein Keller unter der Veranda«, ist seine Erkenntnis. »Zumindest in keinem Plan vermerkt«, ergänzt er eilig, weil er sich daran gewöhnt hat, dass die unwahrscheinlichsten Fakten irgendwann immer wieder zu Tage treten. Meist dann, wenn man gar nicht damit rechnet. Und schon gar nicht, wenn schon ein fertiges Projekt auf dem Tisch darauf wartet, genehmigt zu werden. »Aber das ist weiters nicht mehr von Bedeutung«, meint der Baumeister, »außer Sie haben auch ein gesteigertes Interesse an Kunstwerken, die in der Villa zu finden sein sollen.«
Claire bekommt große Ohren. Von ihrem »Einbruch« hat sie freilich nichts erwähnt und ihre Vermutung mit dem Keller unter der Holzveranda hat sie ihm gegenüber unter dem Mantel der Verschwiegenheit geäußert. Dass keine Genehmigung vonseiten des Frauenklosters für eine Besichtigung der Villa vorlag, hat sie auch verschwiegen. Dass sie wegen der laufenden Ermittlungen in einem besonderen Fall keine näheren Angaben über die Gründe ihrer Recherchen machen kann, versteht der Herr Stadtbaumeister. Claire gelingt es, ihn zu beruhigen, weil er sich Sorgen macht, ob das verlassene Haus auch ausreichend gesichert ist. »Es ist alles in Ordnung, das

hat ein Rundgang mir gezeigt.« Sie befürchtet einen Anruf vom Stadtbauamt bei der Klosteroberin.
»Ich verlass mich auf Sie«, sagt Claire, steht auf, und zur Tür gewandt, als wäre es ihr so nebenbei eingefallen, höflichkeitshalber nach seiner kryptischen Ankündigung, fügt sie hinzu:
»Sie erwähnten doch jemanden, der sich nach Kunstwerken in der Villa erkundigte.«
»Ach ja«, meint der Baumeister, setzt seine Brille ab, lehnt sich zurück und bedeutet mit einer Geste, sie solle wieder Platz nehmen.
»Es war vor vielleicht vier oder fünf Wochen«, erinnert sich der Mann mit Vollbart. »Ich hatte Besuch von einem Geistlichen, einem Spanier.«
Claire spitzt die Ohren.
»Er kam unangemeldet und hat sich nach der Villa erkundigt, so wie Sie auch, nach Vorbesitzern, Vorvorbesitzern, Erbauern, nach Plänen. Er hat darüber Bescheid gewusst, dass ein Projekt für den Totalumbau des Anwesens in Arbeit ist, das mittlerweile von einem bekannten Büro der Stadt eingereicht wurde. Er hat darum gebeten, ihm die Bestandspläne auszuhändigen, weil er vom Frauenkloster mit der Führung des neuen Projekts für das Seminarhaus betraut wird, hat er angegeben.
Er wolle die Unterlagen zur Aufarbeitung der Geschichte des Anwesens.
Erstens konnte ich ihm keine Originale mitgeben und die Anfertigung von Kopien nimmt einige Zeit in Anspruch, die ich momentan nicht aufbringen kann. Und zweitens

hatte ich den Eindruck, der Mann interessierte sich mehr für Kunst als für das alte Gebäude. Die Art und die Genauigkeit, mit der er sich die Bilder hier in der Bauabteilung angesehen hat, sind ungewöhnlich, Einzelheiten hat er in einem Notizheft vermerkt!
Deshalb liegt meine Vermutung nahe, dass er eher hinter den Kunstbeständen her ist, als dass er Interesse an der Geschichte des Hauses hat. Denn die Bestandsunterlagen, wir haben sie inzwischen aufbereitet, hat er bis heute nicht abgeholt, auch haben wir seither nichts mehr von ihm gehört.«
»Haben Sie seine Adresse?«
»Nein, notfalls fragen Sie doch im Frauenkloster nach«, empfiehlt der Herr Baumeister.
»Gott bewahre«, rutscht es Claire raus. Der Herr Stadtbaumeister lächelt und setzt die Brille wieder auf.

16

Es folgt der Auftritt von vier uniformierten Beamten im Frauenkloster. Claire fährt in ihrem Wagen hinterher und lässt ihn in einiger Entfernung unter der Kastanienallee stehen. Das letzte Stück geht sie zu Fuß, sie lässt sich Zeit, obwohl sie sehr neugierig auf die Reaktion der Oberin auf den heutigen Polizeiauftritt ist.

Die Pforte steht offen, als sie durchschlüpft.

Ihre Kollegen haben längst die Mutter Oberin in ihrem Büro überrascht und umstehen die Ordensfrau. Claire wollte vor ihrem verspäteten Erscheinen Gelegenheit bekommen, die stumme Schwester zu treffen, sie ist aber nicht zu sehen.

Die Mutter Oberin sitzt an ihrem Schreibtisch.

Die Kollegen haben ihren Besuch angekündigt und in der Wartezeit versucht, die Oberin in eher harmlose Gespräche zu verwickeln, was ihnen gar nicht gelingen wollte, wie sie später erzählten.

Die Mutter Oberin fragte beim Eintreffen von Claire nach einem Durchsuchungsbeschluss.

»Ich suche das Bild, das kürzlich bei unserem Skype-Gespräch auf der Anrichte hinter dem Schreibtisch lag«, beginnt Claire ohne Umschweife.

Die Oberin wird etwas blass, hält dem Blick aber ungeniert stand.

»Und für den Fall, dass Sie an unserer Aktion etwas auszusetzen haben, hier ist der Durchsuchungsbeschluss

des Staatsanwaltes, mit schönen Grüßen übrigens von unserem Chef.«
Claire knallt das Schriftstück auf ihren Schreibtisch.
»Brauchen Sie eine Kopie?«, fragt die Oberin mit zynischem Unterton. Inzwischen ist sie wieder gefasst, die Blässe ist aus ihrem Gesicht gewichen.
Claire lacht verlegen.
»Wenn Sie das Bild nicht herausrücken«, sagt sie und vergewissert sich, dass auf der Anrichte nur die abgebrannte Kerze und ein frischer Strauß von Blumen stehen, vom Bild aber ist keine Spur zu entdecken, »müssen wir Ihre Räume auf den Kopf stellen.«
Die Oberin blickt trotzig, sagt aber nichts.
»Ich gebe Ihnen zwei Minuten, dann nehmen wir Sie mit. Und ich verspreche Ihnen, die Kollegen geben ihre Suche nicht auf, ehe sie fündig geworden sind«, droht sie, setzt sich in den Besucherstuhl, legt die Uhr auf den Schreibtisch der Ordensfrau – und spürt ihren Puls heftig.
Auf ein Zeichen nimmt einer der Uniformierten demonstrativ seine Handschellen vom Gürtel und geht auf die Mutter Oberin zu. Blitzschnell schlägt sie mit der flachen Hand auf die Schreibtischplatte, dass sogar die Beamten erschrockene Gesichter machen.
Claire stoppt die Aktion wortlos. Die Oberin sperrt eine Lade an ihrem Schreibtisch auf, holt eine Mappe hervor, schlägt sie auf, und das Blatt mit dem Mädchenkopf, in ein Passepartout eingefasst, wird sichtbar.
Das Papier scheint vergilbt. Claire erkennt die leicht gelbliche Grundierung. Auf der Rückseite zeigen sich braune

Flecken, Spuren von Nägeln, die von einer Rahmung herrühren, vermutet Claire. Eine Bleistiftnotiz ist erkennbar.
»f.Sep«, entziffert sie.
Schade, dass Luis nicht dabei ist.
Aber sie wird dieses Blatt ohnehin von ihm untersuchen lassen!
»Möchten Sie dazu etwas sagen?«, fragt Claire.
Die Schwester Oberin zögert, scheint sich vorzubereiten.
»Das Blatt kommt aus dem Archiv, eine Mitschwester hat lange danach gesucht«, berichtet die Oberin, »es ist offensichtlich eine Kopie.«
Aha, das ist ein schlaues Ablenkungsmanöver!
Claire glaubt nicht an diese Version.
Mit dem Blatt stimmt grundlegend etwas nicht, ist sie sich plötzlich sicher und überlegt scharf.
Es könnte ja sein, geht es Claire durch den Kopf,
dass dieses Bild außer Haus gebracht wurde; und nachdem die Ermittlungen als abgeschlossen angenommen wurden, hat es den Weg zurückgefunden!
Wenn das der Fall ist, müsste ja die Verpackung zu finden sein. So eine Fracht ist durchaus kostbar, das zeigt sich an der Mappe mit dem extra noblen Karton. Die Mappe ist neu, jede Wette.
Und wie sie die Sparsamkeit der Ordensfrau einschätzt, ist die Verpackung nicht entsorgt worden. Claire überlegt fieberhaft, dann hat sie einen Plan.
Ihr Telefon läutet, Claire entschuldigt sich, tritt kurz aus dem Raum und winkt einem der Polizisten, ihr zu folgen.
Draußen flüstert sie ihm zu, er möge die Mitschwestern

fragen, welche der Klosterfrauen mit der Suche nach dem Bild betraut war. Und sie beauftragt ihn, ihr einen weiteren Kollegen zu rufen und so lange nach der Hülle einer Postsendung zu suchen, bis sie gefunden ist.
Der Beamte hat verstanden.
Als sie wieder im Büro ist, rückt Claire damit heraus, dass das beschlagnahmte Bild aus dem Zimmer von Rose als eine billige Kopie erkannt wurde, untersucht von einem anerkannten Kunsthistoriker, und: hergestellt auf dem Kopiergerät in diesem Büro. Die Oberin zieht die Augenbrauen hoch, entweder ist sie bass erstaunt darüber oder sie spielt ihre Rolle brillant. Gleichzeitig wird ihr Gesicht zusehends blasser, das bremst ihr aufbrausendes Gehabe.
»Darüber hinaus sind wir auf der Suche nach einem spanischen Priester«, sagt Claire, sie sitzt der Mutter Oberin gegenüber und schaut ihr fest in die Augen. Für eine Sekunde scheint die noble Blässe der Ordensfrau zu weichen, die Färbung geht gegen rot. Aber sie hat sich bald wieder im Griff, schüttelt den Kopf. »Wir hatten einige Spanier bei unseren Seminaren«, erinnert sie sich.
»Dann möchte ich eine Liste mit allen Namen und Adressen derer, die sich vor den Sommerferien hier aufgehalten haben«, antwortet Claire. »Sie sind als Zimmervermieterin verpflichtet ...«, wird aber von der Oberin unterbrochen.
»Selbstverständlich, die lasse ich Ihnen zukommen. Im Original, wenn Sie es wünschen.« Wieder ist der zynische Unterton zu hören, den Claire an dieser Frau nicht leiden kann.

Claire gibt dem Polizisten ein Zeichen, der von seiner Befragung zurückkommt. Er beginnt mit einem Kollegen die Suche im Nebenraum, wo der Kopierer steht, zur Überraschung der Oberin.
»Ich rufe meinen Anwalt«, sagt diese. Claire zuckt mit den Achseln und erhebt sich, um hinauszugehen.
»Das Bild ist beschlagnahmt, auch die Mappe!«, stellt sie fest und schlägt die Tür hinter sich zu.
Einen dritten Kollegen hat sie mit hinausgebeten:
»Bring bitte die stumme Klosterschwester zum Tor«, sagt sie und setzt sich auf die Bank unter der großen Linde.
Von den Fenstern der Klostergebäude her glaubt sie beobachtet zu werden.
Die stumme Schwester erscheint und geht auf die Gartenbank zu.
»Ich werde Ihnen einige Fragen stellen«, beginnt Claire.
Sie öffnet die gefaltete Zeichnung.
»Haben Sie das gemacht?«
Die Schwester nickt kaum merklich.
»Was wollten Sie mir damit sagen?«, fragt Claire und bedeutet der Schwester, sich zu setzen.
»Ist es ein persönlich Bekannter?«
Keine Reaktion.
»Ein Gast oder Seminarist?«
Sie nickt, es kommt ein Laut, den Claire nicht versteht.
»Woher stammt er?«, fragt Claire und reicht ihr ein Post-it und einen Stift.
Eine Klosterfrau erscheint in der Tür, sie sucht nach ihrer stummen Mitschwester.

»Um Himmels willen«, ruft sie, ist aber gleich beruhigt, weil ihr Claire nicht unbekannt ist. Sie nimmt ihr das Schreibgerät aus der Hand. Nach einigen Gesten, die beide austauschen, sagt sie:
»Espaniolo. Der Mann ist Spanier und Priester.«
»Und wann ist er abgereist?«
»Zu Beginn der Sommerferien.«
»Sein Name?«
Kopfschütteln. Die stumme Schwester ist aufgeregt, ihre Übersetzerin versucht, sie zu beruhigen, legt ihren Arm um sie.
Claire hat den Eindruck, die ältere Schwester habe ihrem Schützling geraten, das Gespräch zu beenden.
Ende der Befragung. Claire steht auf.
Einige Vorhänge hinter den Fenstern bewegen sich merklich. Claire will sie nicht unnötig beanspruchen und fürchtet für die stumme Schwester Repressalien oder Vorhaltungen, entweder von den Mitschwestern oder von der Oberin.
Wieder läutet ihr Telefon. Der Kollege aus dem Büro der Oberin. Er habe in einer Nische im Büro zusammengefaltetes Packpapier gefunden, adressiert an den Orden in Landeck, samt Angabe eines Absenders. Er meint, es sei wahrscheinlich die Verpackung der Mappe, die Größe passt, als Absender ist eine Adresse in Berlin angegeben.
»Vermutlich eine Namensabkürzung, A. und T., dann der Name der Straße und die Postleitzahl.«
Claire ist erleichtert, dass ihre Vermutung sich bewahrheitet hat. »Welches Datum steht auf dem Poststempel?«, fragt sie nach.

»Das Datum zeigt den Einundzwanzigsten, also vor vier Tagen«, meldet er.
»Lag ein Schreiben dabei?«
»Nein, kein Schreiben, keine Karte, nichts.«
»Hast du genau geschaut? Such nach einem Brief, der zu dieser Sendung passt. Aber ohne Chaos zu hinterlassen, sonst kriegen wir ihren Anwalt an den Hals«, sagt Claire und legt auf.

A. T. – das hat ihr Beluge aus Hamburg schon prophezeit. »Achten Sie auf den Namen«, hat er ihr am Telefon geraten.

Die uniformierten Kollegen umringen den Schreibtisch, die Mutter Oberin diskutiert mit ihnen darüber, warum sie den Raum nicht verlassen darf. In diese gespannte Situation platzt Claire und bittet die Mutter Oberin, sich wieder zu setzen. Sie sitzt ihr gegenüber und legt ihr Notizbuch auf die Knie.
»Die Story mit dem Bild aus dem Klosterarchiv vergesse ich, wenn Sie mir nun die Wahrheit über die Herkunft erzählen«, sagt sie.
Die Oberin streift sie mit einem giftigen Blick.
»Bei dieser Gelegenheit wäre es auch interessant zu hören, was die Abkürzung A.T. auf der Adressangabe der Verpackung bedeutet, die mein Kollege sichergestellt hat.«
Claire hat die Adresse sofort telefonisch hinterfragt: Es handelt sich um ein Hotel.

»A. T. sind Initialen für einen Namen, der Ihnen geläufig sein muss«, gibt sie zu bedenken und bemüht sich, ein freundliches Lächeln in ihr Gesicht zu zaubern. Die Klosterfrau stützt sich am Tisch ab, der Drehstuhl rollt zurück. »Wenn Sie einer Befragung unter verschärften Bedingungen entgehen wollen, bringen Sie uns den Mann mit den Initialen A.T.
Sie haben bis zu Ihrer Festnahme in die Untersuchungshaft drei Tage Zeit, dann wollen wir Ergebnisse, es gibt keine Ausflüchte mehr und keinen Aufschub.« Claire reicht ihr eine Visitenkarte. »Hier ist meine Handynummer. Ich erwarte mir, dass Sie morgen bereit sind, über die Details Ihres Planes zu reden.«
Die Uniformierten ziehen mit ihr ab. Zurück bleibt eine erblasste Mutter Oberin.

»Sie hat mir mitgeteilt, dass an der Halskette des spanischen Priesters kein Kreuz, sondern ein Ding aus Glas gehangen hat«, sagt die ältere Klosterfrau am nächsten Morgen, die auf der Handynummer von Claire angerufen hat, von einer öffentlichen Telefonzelle aus, wie sie berichtet. Und noch etwas, das Claire dann eigentümlich tief berührt hat, ist zutage gekommen: Sie hat erklärt, die leibliche Mutter der stummen Schwester zu sein. Über die Umstände, warum sie als Kind die Sprache verloren hat, möchte sie sich nicht auslassen, das sei eine Geschichte für sich, die sie irgendwann erzählen werde. Aber sie lege großen Wert darauf, dass diese verwandtschaftlichen Bande zumindest bis dahin unentdeckt blieben, vor

allem die Mutter Oberin soll davon nichts erfahren, bat sie inständig.
»Ehrenwort!«, hat Claire gesagt und zwei Finger gehoben, aber das hat die arme Klosterfrau natürlich nicht gesehen. Warum sie ihr das am Telefon erzähle, fragt Claire, und was die geheimnisvollen Andeutungen bedeuten, will sie wissen.
Die stumme Schwester habe den Verdacht, dass der spanische Priester mit Rose ein Verhältnis gehabt hat. Mehr will sie dazu nicht sagen, aber ihr als Mutter sei aufgefallen, dass ihr Kind einiges mehr entdeckt haben müsse, als es von sich gibt. Aber es sei ein Pflänzchen, das sehr sensibel ist und das man nicht erschüttern sollte.
Sie wünsche Claire nur das Beste und baldigen Erfolg.

17

Konsul Claudius telefoniert mit Hauptkommissar André Beluge, er meldet wieder Aktivitäten am Kunstmarkt:
Aus Berlin gab es die Anfrage eines Auktionshauses betreffs einer Zeichnung eines italienischen Renaissancekünstlers. Der Name lässt aufhorchen. Vor allem der Angebotspreis ist bemerkenswert: Für vierhunderttausend Euro soll das Exponat den Besitzer wechseln. Die Provenienz erscheint plausibel und glaubhaft, trotzdem hat der Auktionator dann Konsul Claudius angerufen, den alten Hasen in der Szene. Claudius rät zur Vorsicht, verständigt Beluge und lässt den Deal von der Berliner Kriminalpolizei überwachen.
Aber der Händler erscheint nicht, zum vereinbarten Treffpunkt nicht und auch nicht Tage später. Eine Nachricht findet sich im Briefkasten des Auktionshauses. *Der Deal ist geplatzt, das Bild wurde anderweitig verkauft!*
»Es gibt einen konkreten Namen in der Causa«, sagt Beluge, »der ein sofortiges Einschreiten der Polizei auslösen wird, wenn er auftaucht.«

Luis P. hat das Bild näher untersucht, das die Kriminalbeamtin Claire während ihres Skype-Telefonats entdeckt hat und das bei der gestrigen Polizeiaktion beschlagnahmt werden konnte.
Luis behauptet, das Bild sei größer als die Kopie auf dem Billigpapier aus dem Kopierer des Klosters. Das klingt für

Claire mächtig aufregend, weil damit nachzuweisen wäre, dass das eben die Kopie ist und das andere das Original sein muss.
Wenn das zutrifft, müsste letztendlich geklärt werden, wie das Original nach Berlin gekommen ist und warum der ominöse es als A.T. zurückgeschickt hat. Claire ahnt, dass die Vermutungen von André Beluge damit zusammenhängen.
Eine exakte Feststellung zur Echtheit aber kann er nicht vornehmen, meint Luis und empfiehlt dringend eine wissenschaftliche Untersuchung durch ein Institut mit Zertifizierung.
Auf einer Straßenkarte hat er seine Empfehlung eingekreist: die Stadt Perugia.
»Haben wir das Original?«, fragt Claire.
»Nicht zu hundert Prozent, aber wenn ich mir nicht sehr sicher wäre, würde ich einen Aufwand dieser Größenordnung nicht empfehlen«, sagt Luis vielversprechend.
Luis ist ein echtes Talent, ist Claire überzeugt.
Der Chef hat sich nicht sofort überreden lassen, dieses Wagnis für eine aufwändige Untersuchung einzugehen, noch dazu im Ausland und bei den Kosten, die er zumindest vorzufinanzieren hätte.
Auf Intervention von Luis, der einen absolut humanen Pauschalbetrag für die Untersuchung bei dem berühmten Professor in Perugia aushandeln konnte, hat der Leiter jedoch zugesagt. Alle drei sind sich einig, dass das Kunstwerk schon wegen der aufwändigen Vorbereitungsmaßnahmen mit den Behörden im Inland und im Ausland und

den Botschaften, die eingeschaltet werden müssten, nicht zu vergessen die Genehmigungen, auf die doch längere Zeit zu warten sei, besser und schneller inkognito nach Italien gebracht werden kann.

Und wenn die Einschätzung vorab schon so treffsicher ausfällt, würde sich nicht zuletzt Antonia als die rechtmäßige Eigentümerin freuen, das Original aus dem Mittelalter zu besitzen.
Nicht auszudenken, wie die Presse auf die Story reagieren wird, denkt Claire.

Luis, der in den letzten Wochen zwischen Kopenhagen und Tirol gependelt ist und mit dem Nachlass des Kunstfälschers und Großvaters von Frau Lene beschäftigt war, hat von der Besprechung im Polizeikommando einige frappierende neue Details mitgebracht.
Der Kunstfälscher oder Künstler, wie immer man ihn nennt, hat nach dem Krieg einige Nachforschungen betrieben und Aufzeichnungen darüber hinterlassen:
In seiner Eigenschaft als Kunstverständiger hat der Offizier Eugen W. bei Kriegsbeginn den geheimen Auftrag erhalten, einige Kunsthändler zu unterstützen, namentlich vier, die mit der offiziellen Berechtigung für den Verkauf »Entarteter Kunst« ausgestattet waren.
Bald stellte sich heraus, dass es seine Aufgabe war, Werkstätten für die Abwicklung der Geschäfte einzurichten. Die Entscheidung zur Herstellung von Fälschungen war eine devisenbedingte Forderung von ganz oben. Das geeignete

Personal zu finden, war die Hauptsorge des so eingesetzten Offiziers Eugen W.
In seinen Werkstätten, die in einem Lager für Kriegsgefangene und Staatsfeinde angesiedelt waren, beschäftigte er in den besten Zeiten weit über ein Dutzend Fachleute mit den unterschiedlichsten Fähigkeiten. Dass unter den Fachkräften auch »unwertes Volk« arbeitete, Halb- und Vierteljuden, wurde lange übersehen und überspielt. Solange die Maschinerie lief, wurden diese Umstände geduldet, erst ab 1942 wurde der Druck dann groß und Eugen W. konnte seine Werkstätten kaum mehr betreiben, nicht zuletzt wegen unrichtiger Anschuldigungen. Nach der endgültigen Auflösung der Werkstätten kamen die Insassen an die Front oder ums Leben.
Was er selbst an den lukrierten Devisen einsteckte, war nicht zu eruieren. Gleichwohl konnte er als einer der Ersten nach Argentinien flüchten, offiziell galt er als an der Front gefallen.
Eugen W. hat seine Familie in Hamburg zurückgelassen. In Südamerika hat er neu begonnen, über seine Herkunft und sein Vorleben hat er nie gesprochen. Dort haben sich viele der meist illegal ausgewanderten Deutschen wieder getroffen und nach dem Krieg fortwährend gute Geschäfte gemacht.
Der Künstler berichtet in seinen Erinnerungen als Kunstfälscher in der Werkstatt zu Kriegszeiten von einigen hundert Entsendungen an den Bruder von Eugen W.
Es waren auch hinter Zeichnungen versteckte Papierarbeiten von lebenden Künstlern dabei, die mit Berufsver-

bot belegt waren. Bilder, die so auf Reisen gingen und bald als verschollen galten.
Nach der anfänglichen Herstellung von »Originalen« mit Silberstift auf vorgrundiertem Papier gingen die Fälscher daran, die Porträts der jungen Dame als Steindruckstiche herzustellen, nur so konnte die Nachfrage nach den harmlosen Werken oder, besser ausgedrückt, nach den verbotenen Kunstwerken bedient werden.

Luis P. bietet dieses Wissen eine ungeahnte Sicherheit bei der ersten Einschätzung seiner Untersuchungen an den aufgetauchten Bildern. Bei dem Bild aus dem Männerkloster handelt es sich um einen Steindruck, das Bild der badenden Frauen konnte er mittlerweile als echt einstufen und die eindeutige Herkunft ermitteln.
Das alles deckt sich zur Gänze mit den Berichten von Beluge über seine Recherchen, denkt Claire.

18

Adrian Tibon ist sportlich und schlank, an den Schläfen längst sichtbar ergraut, an der Hand trägt er einen schmalen goldenen Ring, an dem er gewohnheitsmäßig dreht, wenn er nachdenkt. Den Ring trug er zuerst an der rechten Hand, genau seit dem Tag seiner Scheidung von Sabina trägt er ihn an der anderen Hand. Adrian lächelt manchmal über seine kleinen Ticks und denkt zurück an manche Erlebnisse in seinem fünfundvierzigjährigen Leben.

Vor ihm liegt ein Bild, die Mappe dafür aus dickem, grauem Karton hat er eben erst gewählt. Er wickelt das Paket in braunes Packpapier. ‚A.T.' schreibt er als Absender und die Berliner Adresse des Hotels, in dem er gegenwärtig wohnt.

Geboren ist Adrian in Leticia. Mit fünfzehn schlägt er sich zusammen mit seinem besten Freund, dem Indio Gavril, nach Manaus durch, auf einem Transportschiff als blinde Passagiere. Nach Wochen sind sie wieder zurück, übersiedeln zuerst nach Cali und später von dort nach Medellín. Die beiden sind völlig auf sich gestellt, niemand vermisst sie oder sucht nach ihnen. Über die Zeit in Medellín sagt Adrian später, er habe dort bei Verwandten gewohnt. Überlebt haben er und sein Freund dank Gelegenheitsjobs als Taxifahrer, als Nachhilfelehrer und als Buchhändler.

In Miami hat er dann Kunstgeschichte studiert und kann dazu ein Abschlussdekret vorweisen. Den Indiofreund hat er schon in Medellín aus den Augen verloren. Irgendwann taucht Adrian in Bogotá auf und ist auf der Suche nach einer festen Anstellung. In der Calle de Flores trifft er auf Eugenio Flores, den Inhaber der kleinen, aber renommierten Kunstgalerie »Galleria de Flores«. Ob nun die Straße nach dem Galeristen benannt ist oder der Galerist die Niederlassung seines Geschäftes in der Straße mit seinem Familiennamen gewählt hat, war nie zu eruieren. Indes findet Adrian sofort eine Anstellung, der Zeitpunkt ist günstig, weil im Vormonat ein langjähriger Mitarbeiter plötzlich und ohne erkennbare Anzeichen verstorben ist. Adrian ist zweiunddreißig und geschickt im Umgang mit betuchten Kunden.

Er ist gewandt, hat erfreulich gute Manieren, ist perfekt gekleidet und legt Wert auf ein gepflegtes Äußeres. Von den Kunden wird er gelobt. Oft kommt es vor, dass vorwiegend der Geldadel seinen Expertisen vertraut. Seine Dienstleistungen erstrecken sich auf Beratungen in den Räumen der Kunden und seinen fachmännischen Ratschlag für eine wirkungsvolle Präsentation der Kunstwerke anlässlich geplanter häuslicher Kulturveranstaltungen in den Villen und den Gärten der Reichen.

In der Galerie werden zeitgenössische Werke von Künstlern aus allen Teilen Mittelamerikas verkauft, die Erlöse dafür sind nicht zu verachten. Immer wieder aber zeigt Eugenio Flores darüber hinaus europäische Arbeiten. Diese speziellen Ausstellungen finden nur einmal im Jahr

statt, werden sorgsam vorbereitet und angekündigt. Die Exponate sind äußerst begehrt. Bei diesen Events kommen handverlesene Besucher aus dem halben Kontinent zur Veranstaltung, selbst das Fernsehen berichtet.
Gezeigt werden Werke aus den dreißiger und vierziger Jahren des zwanzigsten Jahrhunderts, Arbeiten, die in Kriegszeiten als entartet gegolten hatten, auch europäische Kunst aus den fünfziger, sechziger und siebziger Jahren.
Don Eugenio ist trotz seines hohen Alters ein rüstiger Mann, der täglich ab zehn Uhr in seinem Büro sitzt und mindestens zwei Stunden telefoniert. Mittags geht er als Mitglied in den erlauchten Gun-Club, erst gegen sechzehn Uhr kommt er wieder zurück, öffnet die Tür mit seinem Gehstock und wandert mit seiner langjährigen Mitarbeiterin, der Sekretärin, durch die Ausstellungsräume. Manchmal empfängt er Besucher, manchmal kommen spezielle Kunden. Gegen achtzehn Uhr fährt sein Chauffeur vor und holt ihn ab. Die Sekretärin sperrt die Räume ab und wartet auf den städtischen Bus. Adrian gesellt sich dazu und steigt drei Stationen später aus, er wohnt in einer Wohngemeinschaft zusammen mit drei jungen Männern.
Dass Eugenio eine reizende Tochter hat, erfährt Adrian erst nach einigen Jahren seiner Betriebszugehörigkeit.
Schon mehrmals ist ihm eine junge hübsche Frau aufgefallen, die gelegentlich mit anderen jungen Leuten für kurze Besuche in der Galerie vorbeikommt. Ihm gegenüber ist sie unnahbar.
Manchmal redet sie mit der Sekretärin ein paar Worte, manchmal flaniert sie allein durch die Ausstellungsräume.

Adrian gelingt es lange Zeit nicht, sie anzusprechen. Es sind wohl schon sechs Jahre vergangen, als ihm Don Eugenio erstmals seine Tochter offiziell vorstellt. Der Arbeitskollege von Adrian ist wegen Krankheit ausgefallen. Eugenio bittet seine Tochter, für eine paar Tage einzuspringen. Sie hat soeben ihr zweites Studium beendet, das Studium der Theologie.

Aus den Tagen des Krankenstandes werden Wochen, die Tochter ist sehr geschickt im Umgang mit den Kunden. Zwischen den beiden funkt es, selbst der alternden Sekretärin ist dies nicht entgangen.

Adrian hat inzwischen eine eigene möblierte Wohnung mit Dachterrasse und Aufzug bezogen. In der Galerie hat er sich neben seinem Arbeitskollegen, dem protegierten Spross einer alteingesessenen Familie, zu einem exzellenten Mitarbeiter entwickelt. Unverzichtbar für die Galerie, nicht zuletzt seiner noblen Umgangsformen wegen und auch für Don Eugenio, der seine Fachkenntnisse und sein Netzwerk für die lateinamerikanische Kunst schätzt. Er kennt die Szene von Nicaragua bis Feuerland. Selbst in die europäische Szene des 20. Jahrhunderts hat er sich nach und nach eingearbeitet. Nur die Herkunft der europäischen Arbeiten aus den dreißiger Jahren bleibt für ihn unbekannt. Das bleibt ein Geheimnis des Eigners Don Eugenio Flores.

Adrian kann mit dem luxuriösen Leben seines Arbeitskollegen, des Playboys, nicht mithalten. Dies alles beobachtet der alte Fuchs Don Eugenio genau und freut sich daran, dass Adrian deshalb besonders ehrgeizig ist, das wirkt sich nicht zuletzt recht förderlich für das Geschäft aus.

Don Eugenio sieht möglicherweise deshalb über manche Schwächen des versnobten Angestellten hinweg. Sabina wird immer wieder mit dem Adelsspross bei gesellschaftlichen Einladungen angetroffen.
Das aber ist kein Grund für Adrian, aufzugeben. Es gelingt ihm, Sabina wieder für sich zu interessieren, vier Jahre später wird die Verlobung bekanntgegeben. Etwa um diese Zeit ist der ehrgeizige Mann aus dem Urwald auf dem besten Weg, die Agenden der Galerie zu übernehmen. Eugenio ist inzwischen hundertundein Jahr alt und hat sich weitestgehend aus dem Tagesgeschäft zurückgezogen. Einzig und allein der Nachschub aus Europa ist nach wie vor sein Arbeitsfeld und er versucht, immer mehr der begehrten Kunstwerke zu lukrieren. Adrian wird zwischenzeitlich dreimal nach Europa geschickt, nach Madrid, um einige der einflussreichen Kunden zu besuchen, nach Deutschland zur documenta in Kassel und auf Kulturreise durch halb Europa, teils zusammen mit der frisch angetrauten Sabina, die sich bald nach der Rückkehr in den Kopf gesetzt hat, ihren Beruf als Journalistin an den Nagel zu hängen.
Adrian hat endgültig die Leitung der Galerie übernommen und sich die Treue seines Mitarbeiters aus gutem Haus durch eine kräftige Gehaltsaufbesserung gesichert. Eine weise Entscheidung, wie sich herausstellt, denn die zahlungskräftige Oberschicht bleibt dem Hause treu, auch wenn der versnobte Adelsspross sich nicht sehr anstrengt. Adrian war nicht untätig, was die Lieferquellen von europäischer Kunst aus dem zwanzigsten Jahrhundert anlangt.

Auch ohne Zutun seines Schwiegervaters hat er Kontakte nach Übersee geknüpft und beschafft Exponate mit guter, manches Mal aber auch mit zweifelhafter Provenienz. Die Kunden reißen ihm die Ware förmlich aus den Händen.
In einer Phase, in der Eugenio einer Herzattacke wegen ins Spital eingeliefert wird, eröffnet ihm der Alte einige Geheimnisse seiner bewährten Kunstbeschaffung.
Etwa ein Jahr nach der Hochzeit mit Sabina, die inzwischen für ein kirchliches Wochenblatt schreibt, beginnt es im Eheleben zu kriseln. Sie unternimmt eigenständige Reisen nach Europa. In Frankreich entdeckt sie die Welt der Klöster, diese rücken immer mehr in den Mittelpunkt ihres Interesses.
Sabina fühlt sich vernachlässigt, Adrian ist mit gesellschaftlichen Verpflichtungen eingedeckt. Eine neue Sekretärin, ein hübsches junges Ding, rückt an die Stelle der pensionierten Mitarbeiterin und ist immer häufiger sogar seine Gespielin an den Wochenenden.
Sabina erfährt davon und ist daraufhin für Monate auf Reisen. Zwei Jahre nach der Hochzeit reicht es, nach einem Ehekrach scheitern alle Versöhnungsversuche. Sabina reicht die Scheidung ein. Don Eugenio ist schon im Jahr zuvor verstorben. Sabina ist als Alleinerbin eingesetzt, die Zeichen stehen schlecht für Adrian. Er bleibt vorerst in der Galerie und wird von seiner Exfrau zum Jahresende entlassen. Der andere Mitarbeiter übernimmt damit die Führung der Geschäfte.
Adrian ist zweiundvierzig und erfindet sich neu in einem Buchverlag in der Stadt, die ursprünglich von einem

deutschen Auswanderer gegründet worden ist. Er soll die Galeriegeschäfte wiederbeleben. Seit dessen Tochter sich in Europa als Kunsthändlerin niedergelassen hat, ist die Galerie in den oberen Etagen der Buchhandlung verwaist. Adrian gelingt der Aufbau unglaublich vielversprechend, während die Galerie seiner Exfrau vor sich hindümpelt. Adrian hat die europäischen Quellen nun für sich erschlossen, die besonders guten Stücke wandern in seine eigene Kasse. Nur die Beschaffung von Kunstwerken wird immer schwieriger. Teils weil die Lieferanten aus Altersgründen ausfallen, nicht zuletzt auch deshalb, weil selbst Fälscher kaum mehr gute Repliken schaffen. Adrian sitzt das halbe Jahr in Europa herum, ständig auf der Suche nach neuen Quellen für seine Auftraggeber. In Spanien gibt es nach wie vor eine ergiebige Werkstatt, auf die er sich verlassen kann. Die begehrteren Werke aber stammen aus Deutschland. Einen echten Vorsprung hat nur, wer sich genug an Detailwissen über die Kunstszene der Vorkriegszeit erarbeitet hat.

19

Ein Anruf von André Beluge am Postenkommando in Landeck sorgt am frühen Morgen für Aufregung.
In den Mittelpunkt seines Interesses gerückt sind mittlerweile die Eigentümerin einer gewissen Galerie FLORES und ihr Exmann.
Wie vor Tagen recht geheimnisvoll angekündigt, sind die Initialen A.T. hinreichend recherchiert, berichtet Beluge.
Der momentane Aufenthalt von A.T. ist nicht bekannt.
»In Berlin hält er sich auf«, wirft Claire ein, die dem Herrn Hauptkommissar ihre Erlebnisse der letzten Tage haarklein und nicht ohne Stolz berichtet.

Don Eugenio ist der Name des nach dem Krieg ausgewanderten Offiziers Eugen W. aus Hamburg, das steht für den Hauptkommissar inzwischen fest.

Ausgestattet mit den Recherchen des Hauptkommissars ist Claire der Ansicht, dass im Mordfall Rose und für das Auftreten gefälschter Gemälde die Mutter Oberin als tatverdächtig gilt oder der Hintermann, den die stumme Schwester als einen »Spanier« beschrieben hat.
Die mysteriösen Besuche eines »Spaniers« bei Antonia und am Tegernsee lassen den unbedingten Schluss zu, dass es sich um den Exmann der Tochter des südameri-

kanischen Kunsthändlers mit deutschen Wurzeln handelt, ist die Meinung von Beluge.
Mit ihrem Ultimatum von drei Tagen hat Claire der Mutter Oberin klargemacht, dass sie den spanischen Priester oder wer immer dieser A.T. auch ist, der Polizei preisgibt, wenn er der Täter ist, den sie offensichtlich schützt.

»Wer, wer zum... ist die ominöse Tochter des Kunsthändlers Don Eugenio, die Exfrau des Mannes mit den Initialen A.T., der sich als spanischer Priester ausgibt?«, fragt Claire ins Telefon. Erst nach einer Kunstpause antwortet Beluge.

Wer die Tochter des Kunsthändlers in Bogotá ist, ist auf dem Bezirkspolizeikommando die Überraschung des Tages.

So erklärt sich so manches von selber!, denkt Claire. Doch ist auch sie mehr als erstaunt, nachdem sie den Namen erfahren hat. Völlig aus dem Häuschen trifft sie sich mit Luis P. in ihrem Stammlokal.
Die geplante Reise nach Perugia muss sie absagen. So leid es ihr tut, die Ereignisse haben sich zugespitzt, mittlerweile gilt es Dringliches zu erledigen!

Luis wird das Bild eigenhändig nach Perugia bringen. »Mit seiner neuen Sonnenbrille geht er als Sommertourist durch, in Italien sogar als Fremdenführer, weil er die Sprache fließend beherrscht«, meint Claire. Auf ihr Anraten hat er die Ausrüstung eines Malers eingepackt. Neben

Staffelei, Malkasten und Zeichenblock eine Mappe mit den Malversuchen von Max, der dafür herhalten musste, und mittendrin die Zeichnung mit dem Mädchenkopf. So getarnt ist Luis guter Dinge, unerkannt sein Ziel zu erreichen.

Claire hat die Mutter Oberin vorgeladen. Um kein Aufsehen zu erregen, eskortieren Beamte in Zivil die Ordensfrau zum Verhör auf das Bezirkspolizeikommando.
Claire berichtet, was in den letzten Wochen an Informationen zusammengetragen wurde:
Zum Tod der dreißigjährigen Klostermitarbeiterin Rose.
Die Recherchen um die aufgetauchten Mädchenporträts vom Trödelmarkt, aus dem Frauenkloster, aus dem Männerkloster und einer Paketsendung aus Berlin.
Die Erkenntnisse aus den Aufzeichnungen um den Nachlass des Kunstfälschers in Kopenhagen.
Die Recherchen um die Lebensgeschichten von Don Eugenio alias Offizier Eugen W., seines verstorbenen Bruders und ehemaligen Villenbesitzers, seines Schwiegersohnes Adrian Tibon und der Tochter des kolumbianischen Kunsthändlers, Sabina.
Die Mutter Oberin sitzt wortlos am Tisch. Ihren Anwalt hat sie angekündigt.
Er sei eines Termins bei Gericht wegen verhindert, schreibt er an Claire in einer Handynachricht.
Unter dem Druck des geballten Wissens der Polizei und im Hinblick auf die angedrohte Inhaftierung taut sie allmählich auf und gibt sich nach und nach gesprächsbereit.

»Ja, es ist ein Bekannter«, sagt sie, auf den mysteriösen Spanier angesprochen.
»Es ist ein persönlicher Bekannter, der nicht unter die Meldepflicht fällt. Sein Aufenthalt ist ihm als Gast des Hauses nicht in Rechnung gestellt worden«, gibt sie zu Protokoll.
Claire bohrt weiter.
»Wir wissen inzwischen, dass die Paketsendung aus Berlin von Adrian Tibon stammt. Das ist doch der gute Bekannte, wie Sie ihn bezeichnen.«
Die Mutter Oberin nickt.
»Was war der Anlass für diese Sendung?«
Es folgen ein langes Schweigen und einige Blicke auf die Armbanduhr, dann deutet die Mutter Oberin auf das Aufnahmegerät am Tisch.
»Okay, schalten Sie das Gerät ein.«
Anwesend sind neben dem Chef und Claire noch drei weitere Kollegen.
»Gut«, sagt Claire, »wir sind bereit.«

Die Mutter Oberin beginnt damit, dass sie als Tochter Sabina des Galeriebesitzers Don Eugenio geboren und aufgewachsen ist. Leider ohne Mutter, denn diese starb im Kindbett. Geheiratet hat sie nach ihrem Studium der Journalistik und Theologie einen Angestellten der Galerie, Adrian Tibon. Sie ist ihm bald nach der Hochzeit auf die Schliche gekommen, dass er die Bezugsquellen seines Schwiegervaters auskundschaftete, und zwar mit unlauteren Mitteln. Außerdem wurde er von der städtischen

Frauenwelt der Oberschicht umgarnt und mehrfach von der Ehefrau in delikaten Situationen ertappt. Das habe einen Wandel bei ihr bewirkt und eine Hinwendung zur Religion und dem Kirchenwesen in ihr ausgelöst. Schon nach einem Jahr Ehe hat sie Angebote des Rückzuges in Klöster wahrgenommen, der Eintritt in ein Kloster war dann für sie eine logische Folge. Die väterliche Galerie betreibt sie weiterhin, ein Angestellter hält sie mit Berichten zum Geschäft am Laufenden, das leider stark eingebrochen ist, weil wertvolle Quellen für die Lieferungen europäischer Werke verlorengegangen sind.

Ihre Karriere als Ordensfrau begann aber schon in Südamerika. Dort war sie nach zwei Jahren Zugehörigkeit im Orden bereits Äbtissin. Der Mutterorden schickte sie nach Europa. Dem Ruf folgte sie gern und freiwillig, vor allem der romanischen Sprachen wegen. Und so ist sie seit drei Jahren die Oberin im hiesigen Frauenkloster.

Von Adrian Tibon hat sie gehört, dass er seine Geschäfte erfolgreich betreibe, er hat die Leitung einer lange Zeit vernachlässigten Galerie in Bogotá übernommen und sei mittlerweile sogar der neue Eigentümer. Seine Geschäfte führten ihn immer öfter nach Europa, um neue Werke von zeitgenössischen Künstlern einzukaufen.

Im Kloster aufgetaucht ist Adrian Tibon das erste Mal vor etwa einem Jahr. Das war, als die Villa eines Hamburger Ehepaares per Testament an das Frauenkloster überschrieben wurde. Adrian hat in dem Haus wertvolle Bildwerke vermutet, für die er längst bezahlt hat, so hat er behauptet. Die Ware habe er aber nie erhalten. Tatsächlich hätten Belege aus der Zeit, als er Angestellter bei Don Eugenio war, bewiesen, dass der Villenbesitzer ein wichtiger Lieferant der Galerie Flores war. Das wiederum sei der Beweis, dass sie als Eigentümerin der Galerie Anspruch auf Kunstwerke gehabt habe.

Eine gemeinsame Nachschau ergab, dass sogar die Bilder von den Wänden verschwunden waren, von einem Bilderschatz ganz zu schweigen. Das Haus steht leer, eine Umnutzung und ein Umbau sind vom Orden genehmigt und beschlossen.

Adrian blieb hartnäckig. Immer wieder behauptete er, es müssten die Bilder, wenn nicht im Haus, dann doch in der näheren Umgebung zu finden sein. Allein beim Umzug von Hamburg waren zwölf Lastwägen vollgepackt mit großen Holzkisten angekommen. Eine Rechnungsquittung hat er an irgendeinem Ort ausgegraben und vorweisen können.

Der nächste Besuch von Adrian war heuer im Frühjahr. Er hat herausgefunden, dass der Vorbesitzer der Villa der leibliche Bruder meines Vaters war. Die beiden haben schon vor dem Krieg gemeinsame Sache gemacht, er hat viele der Kunstwerke gehortet, die Don Eugenio sich nach dem Krieg zurückgeholt hat. Damit hat sich eine langjährige, mysteriöse Einkaufsquelle der Galerie Flores preisgegeben.

Zu seiner Verteidigung muss ich anmerken, dass dieser Onkel von meiner Existenz vermutlich nichts gewusst hat. Es war ursprünglich geplant (das hat mir seine Witwe

erzählt, weil ihre Ehe kinderlos geblieben war), das Anwesen der Stadtverwaltung zu vermachen, als Betreuungsstätte für elternlose Kinder.
Adrian ist kurz vor den Sommerferien wiederaufgetaucht. Selbst beim städtischen Bauamt hat er Pläne eingesehen, wollte sich nicht damit abfinden, dass nichts mehr von den Bildern zu finden ist.
Auf seine unmoralischen Angebote zum Kauf des Hauses habe ich verständlicherweise als Klosterfrau nicht eingehen können.
In diesen Tagen hat er vermutlich Rose im Klostergarten kennengelernt. Er hat sich dem Personal gegenüber und auch bei den Ordensschwestern immer als Priester ausgegeben, es sollte niemand von unserer ehelichen Verbindung erfahren, und das war mir nicht unrecht. Vermutlich hat Rose ihm das Bild aus ihrem Zimmer gezeigt. An ihrem Todestag habe ich das Bild in einer Lade meines Schreibtisches entdeckt, mit einer Notiz von Adrian, es gehöre ins Zimmer von Rose.
Mit der Zeit und nach genauerem Nachdenken war es dann auch mir klar, dass das Bild, das ich zurück ins Zimmer gebracht habe, nicht das Original sein konnte. Nicht wenn Adrian es in den Fingern hatte. Das war der Grund, warum ich den Anwalt eingeschaltet habe, damit ich nach der Rückgabe untersuchen konnte, was er damit angestellt hat. Auch ich habe die Zeitungsmeldung von dem Bild im Trödelmarkt gelesen. Die Geschichte mit den Kunstfälschungen, von der ein Herr Luis P. kürzlich geschrieben hat, war mir daraufhin sonnenklar.

Diese Art des Kunstexportes während der Nazizeit hat Adrian damit schon früher entdeckt.
Für mich war bislang nicht herauszufinden, welche Rolle Adrian aktuell mit den Entdeckungen um die Mädchenköpfe von Cennini spielt.
Aus diesem Grund habe ich mich bei ihm gemeldet und verlangt, dass er das originale Bild aus dem Zimmer von Rose zurückschickt. Denn eines ist mir sofort klar geworden: Er hätte nie ein Original zurückgelassen, also war ich sicher, er hat es ausgetauscht. Im Gegenzug habe ich ihm versprochen, dass er im Verborgenen und rechtzeitig vor Beginn der Umbaumaßnahmen nach den Bildern in der Villa suchen könne, wenn nötig sogar mit schwerem Gerät.
Das Bild hat er postwendend geschickt und damit Wort gehalten. So liegt es bei Ihnen, es näher zu untersuchen, es scheint ja das lange gesuchte Original von Cennini zu sein.«

»Dabei hat er es inzwischen zweimal am Markt angeboten. Einmal in Hamburg und einmal in Berlin. Zu einem so hohen Preis, dass sich besonders verdiente Kapazitäten um die Echtheit und Herkunft gekümmert hätten. Da war es für ihn doch vernünftiger, auf Ihr Angebot, in der verlassenen Villa nach weiteren Kunstwerken zu suchen, einzugehen«, vermutet Claire.
»Es wird Zeit, dass Ihr Herr Anwalt eintrifft.« Claire schaut auf ihre Uhr.
»Zum Tod von Rose haben wir einen Beweis, der Sie aus

der Bahn werfen wird«, deutet sie an, »ein Beweis, der Sie entlasten könnte«, ergänzt Claire. Ihr Chef nickt ihr anerkennend zu.

»Wir sind dabei, das Porträt aus dem Zimmer von Rose in einem Institut, das wissenschaftliche Untersuchungen vornimmt, auf seine Echtheit prüfen zu lassen. Sollte es sich aber herausstellen, dass Herr Tibon Ihnen nicht das Original, sondern wiederum eine Kopie geschickt hat, hätte er Sie betrogen. Deshalb warten wir gespannt auf die Nachricht unseres Mittelsmannes, der mit dieser Aufgabe betraut ist.
Nun warten wir darauf, dass Herr Tibon eintrifft und den vermuteten Schatz in der Villa endgültig hebt. Wir geben ihnen unser Wort, erst dann einzugreifen, wenn er einen Schatz von Kunstwerken entdeckt hat. Denn sollten diese tatsächlich auftauchen, gehören sie Ihnen als Galeristin oder dem Eigentümer der Liegenschaft, und das sind beide Male Sie, Frau Mutter Oberin.«

20

»Wann werden die Umbaumaßnahmen starten?«, fragt der Chef.
»Anfang des Monats«, antwortet Claire.
»Das ist in fünf Tagen. Falls er aber kalte Füße bekommt, werden wir ihn nicht zu Gesicht bekommen, dann ist er über alle Berge. In Südamerika werden wir ihn niemals schnappen.« Der Chef ist besorgt.
»Holen Sie bitte die Mutter Oberin noch einmal, wir müssen ihr ein Ultimatum stellen!«

»Wir haben Ihnen das Ergebnis der forensischen Untersuchung der verstorbenen Rose bislang vorenthalten.« Claire heftet ihren Blick auf die Mutter Oberin.
»Es hat sich ja auch kaum eine passende Gelegenheit gefunden, darüber zu sprechen«, fährt sie fort.
»Denn was ich Ihnen jetzt berichte, ist sehr ungewöhnlich für unsere Breiten.
Die Todesursache von Rose war ein tödliches Gift. Es stammt von Pfeilgiftfröschen, wie sie im Urwald vorkommen. Genauer gesagt kommt es in einem ganz bestimmten Wald eines recht kleinen Urwaldgebietes in Kolumbien vor. Indianer aus dem Chocó-Stamm stellen es her. Und wer, glauben Sie, hat beste Verbindungen zum Urwald und zu den dortigen Einwohnern?«

»Adrian Tibon«, sagt die Mutter Oberin trocken.
»Ihr Exmann«, bestätigt Claire. »Aber das Beste kommt zum Schluss«, bemerkt sie zusätzlich.
»Unsere Kollegen von der Spurensicherung waren bekanntlich auf Nachschau im Klostergarten. Dass sie nach diesen Fröschen Ausschau gehalten haben, war ein Scherz von einem unserer Beamten. Kein Scherz aber war es, dass sie eine Glasphiole im Garten gefunden haben, zufällig, weil einer der Männer eine Zigarette geraucht hat und sie sich darüber beschwert haben. Beim Vergraben seiner Kippe hat er das Glas gefunden, mit dem Schraubverschluss. Die Phiole war leer. Aber die Rückstände ließen es deutlich erkennen, das Ergebnis lag tot in ihrem Haus.«
Claire lässt ihre Schilderung wirken.
»Zum Zeitpunkt, als das Ergebnis für das Gift in der Phiole eingetroffen ist, war ich bei Hauptkommissar André Beluge in Hamburg, dem Spezialisten und Leiter der polizeilichen Abteilung für Kunstfälschungen. Er war es, der die maßgeblichen Informationen wie ein Puzzle zusammengetragen hat: die Herkunft des Ehepaares vor dessen Wohnungswechsel nach Tirol und die Galerie Flores in Übersee.
Die Auslöser für die Recherche waren die Geschichte mit dem Bild im Männerkloster und die Informationen von Pater Martin zur Erbschaft um die Villa durch das Frauenkloster, ein Nachlass in Dänemark und ein Besuch am Tegernsee.«
»Warum haben Sie nicht mich verdächtigt?«, fragt die Oberin. »Nur weil ich eine Ordensfrau bin?«

»Wir haben Ihre Herkunft anfangs nicht beleuchtet, geschweige denn untersucht. Aber dank dem Auftauchen mehrerer Mädchenporträts in kurzen Zeitabständen hat sich bald ein professionell einzuschätzendes Bild ergeben. Nun sollten wir gemeinsam darüber nachdenken, auch Herrn Tibon zu einer persönlichen Unterredung in diese Räume einzuladen.«
Das war doch elegant formuliert. Claire ist mächtig stolz darauf, wie sie sich neuerdings ausdrückt.
»Jetzt ist der passende Zeitpunkt, mit Ihnen über eine Strategie zu sprechen, damit Sie sich endgültig selbst aus der Schlinge ziehen und uns dafür Ihren Exmann liefern!«
Sie blickt die Mutter Oberin erwartungsvoll an.
Wird sie kooperieren? Wird sie ihren Exmann in die Falle locken?
»Wenn tatsächlich mein Exgatte für den Tod unserer Mitarbeiterin Rose verantwortlich ist...«, sagt sie,
»Daran besteht kein Zweifel«, unterbricht Claire sie.
»... dann ist es wohl meine Christenpflicht, ihn nicht vor der gerechten Strafe zu schützen.«
Claire kommt ohne Umschweife auf ihre Strategie zu sprechen.
»Gut, dann bitten wir Sie um ein Telefongespräch mit ihm. Bei diesem Gespräch sollten Sie ihm ein Datum nennen, mit dem die Umbauarbeiten an der Villa etwas früher aufgenommen werden. Das Datum wird vernünftigerweise der Anfang der nächsten Woche sein, genug Zeit für ihn, am Wochenende einzutreffen. Ich habe noch gestern im städtischen Archiv des Bauamtes alte Pläne ausgegraben

und studiert: Man glaubt es kaum, es scheint bei Plänen einer alten Baueingabe ein Kellerraum auf, der später nicht mehr eingezeichnet ist. Damit haben wir mehr als die Vermutung, dass Kunstwerke in beträchtlicher Anzahl gebunkert sind.«
»Sie sind ein kleines Biest«, bemerkt die Mutter Oberin, ausnahmsweise aber bewertet Claire das als Kompliment.
»Schön aufbereitet, meine Liebe. Aber was, wenn sich tatsächlich herausstellt, dass ein solcher Keller existiert und entdeckt wird und darüber hinaus noch angefüllt ist mit Kunstschätzen?«
»Dann wird Ihrem Anwalt die Klärung der Besitzverhältnisse keine große Sorge bereiten«, antwortet Claire.
Die Mutter Oberin nickt.
»Einverstanden«, meint sie. »In dieser Situation kann ich nur einschlagen: Geben Sie mir die Hauspläne. Das wird Ansporn genug für ihn sein, sich hierherzuwagen.«
Sie erhebt sich.
»Ach, ich nehme nur Kopien«, lächelt sie, und diesmal lächelt auch Claire erleichtert.

21

Auf dem großen Bahnhof in Berlin steht ein hochgewachsener, gut gekleideter Hutträger und wartet auf die Abfahrt des Zuges Berlin-München-Innsbruck-Zürich am Bahnsteig. Einige Männer stehen abseits, unterhalten sich, merkwürdigerweise sind alle ohne Gepäck. Einer trägt ein zusammengerolltes Transparent mit sich.
Sie werden jemanden abholen und feierlich empfangen, einen Freund aus einer Kegelrunde vermutlich, denkt der gut gekleidete Herr mit Hut und steigt ein.
Eigenartig ist nur die Verteilung der Leute in kleinen Gruppen und verschiedenen Abteilen, wo sie doch alle zusammengehören.
Der Zug rollt an, eine Klosterschwester setzt sich zu ihm ins Abteil. Der gut gekleidete Passagier stellt sich als ein Priester heraus, ein Kreuz hat er sich eben ans Revers geheftet. Dass er mit der Klosterfrau bald ins Gespräch kommt, versteht sich. Aber dass er ihre Ordenszugehörigkeit dem Namen nach nicht kennt, entschuldigt sie gespielt entrüstet, als sie erfährt, er stamme aus Südamerika.
Ein etwas beleibter Passagier mit Staubmantel und einer umgehängten Kamera vor der Brust ist eingestiegen und fährt mit bis München, hat er der redseligen Klosterfrau erzählt. Mit einer schmalen Tasche reisen Sie so weit?, fragt der Herr Priester. Er sei Journalist, wohne nicht unweit vom Bahnhof, hat er geantwortet.

Die Männer vom Kegelclub mussten im nächsten Abteil Platz gefunden haben, hin und wieder hört man ihre Unterhaltung.
Dem Priester war die Gesellschaft entweder etwas zu laut oder zu aufgesetzt. Kurz vor Köln geht er aus dem Abteil und selbst bei der Abfahrt von München taucht er nicht wieder auf. Die beiden Leute in seinem Zugabteil und die fröhliche Kegelrunde stellen sich allesamt als Polizeibeamte in Zivil heraus und melden den bislang Observierten als vermisst.
Der gewandte Pfarrer hat, wie er später berichtet, die inszenierte Überwachung sofort enttarnt. Daher hat er für die Weiterfahrt auf der Strecke Köln-Frankfurt eine Regionalverbindung genommen. In Frankfurt ist er ausgestiegen, hat einen Flieger nach St. Moritz bestiegen und von dort weiter einen Bus nach Landeck. Nach dem Missgeschick der deutschen Kollegen im Zug vor Frankfurt konzentriert sich die Polizei in Landeck auf die Überwachung der Villa rund um die Uhr.
Die Mutter Oberin hat ihren Part eingehalten. Im Vorgarten der Villa steht ein Radbagger, frisch aufgetankt, mit Schlüssel im Zündschloss.

Aus Perugia erreicht Claire ein Anruf von Luis P.
Gut gelandet im Süden, berichtet er von einer Überprüfung durch die Guardia di Finanza in einer Raststätte kurz hinter der Grenze. Darüber, dass ausgerechnet er ins Visier ihrer Interessen geraten ist, können Claire und ihre Kollegen am Polizeikommando herzlich lachen.

Froh war er, dass er nicht aufgefordert wurde, eine Probe seines kreativen Malens abzugeben, hat er gemeint, einige Proben aus der Mappe von Max haben sie überzeugt.
Er wird sich halt ungeschickt angestellt haben, ist die Meinung seines Schwagers.
Mit der guten Nachricht aber möchte er nicht hinter dem Berg halten, obwohl er sich vorgenommen hat, erst heil zurückzukehren mit seiner nunmehr doch immens wertvollen Fracht, dem Original einer Cennini-Zeichnung, dem Porträt eines Mädchenkopfes.
Claire jubelt, möchte schon Antonia von dieser Neuigkeit berichten. Ihr Chef aber rät ihr abzuwarten, bis Luis P. zurück ist und die Aktion mit dem »spanischen Priester« gelaufen ist.
Luis hat sie versprochen, sich gemeinsam mit ihm nach einem Versteck umzusehen, in einer polnischen Kirche an der Grenze zu Deutschland. Er habe vielversprechende Hinweise im Nachlass des Künstlers in Dänemark gefunden.

Der Zugriff der Polizei auf dem Gelände der Villa ist eine glänzende, nächtliche Aktion. Gegen dreiundzwanzig Uhr ist der Park um das große Anwesen plötzlich taghell erleuchtet, Suchscheinwerfer sind im Einsatz. Ein Helikopter ist aufgetaucht und kreist mit einem Höllenlärm über dem Besitz, Polizeiautos mit Blaulicht sind überall verteilt. Alle Wege sind besetzt, selbst im Wald hinter der Villa tauchen Lichter auf.

Die Bewohner in den Nachbarhäusern wagen sich nur einen kurzen Moment auf ihre Terrassen und verschanzen sich sichtlich verängstigt hinter den Fenstern.
Eine Tür von der Holzveranda in den bekiesten Vorgarten steht sperrangelweit offen, der Lichtschein einer Taschenlampe erlischt, als die Beamten in den Innenraum vordringen. Sie treffen auf einen Stapel von Bodenbrettern, auf Teppiche, wild durcheinandergeworfen, und auf ein Loch im Boden, das einen unterirdischen Raum zeigt, angefüllt mit Dutzenden großer Holzkisten. Einige sind gewaltsam geöffnet worden, ein Mann mit einer schwarzen Kapuze über dem Kopf steht mit dem Rücken zur Wand wie angegossen und wartet darauf, festgenommen zu werden.

André Beluge meldet sich am Telefon und gratuliert der Kriminalbeamtin Claire zum Erfolg auf der ganzen Linie, wie er sich ausdrückt.
»Zwei Fliegen auf einen Streich waren das«, lacht der sympathische Herr aus Hamburg.
»Bei der Fahrt in den nächsten Skiurlaub werde ich mir das Original von Cennini anschauen!«, verspricht er.
»Wir haben den Mörder von Rose überführt und dabei auch ein Kunstdepot ausgehoben«, sagt Claire nicht ohne Stolz.
»Sie haben das doch die ganze Zeit schon gewusst«, entgegnet Beluge,
»dass unter dem Raum das vermutete Depot liegt. Sie haben das sehr geschickt eingefädelt. Einen Mann von seinem Format zu überführen ist ein Meisterstück.«

»Das war Teamarbeit«, meint Claire.

Ein Lager mit beträchtlichem Beutegut aus der Zeit vor dem Weltkrieg und Sammlungen von Bildern aus Kunstfälscherwerkstätten während des Krieges kam zum Vorschein. Keine Ahnung, wie es Tibon schaffen wollte, den entdeckten Schatz heimlich fortzubringen. Claires uniformierte Kollegen haben ihm zumindest diese Sorge für Jahre abgenommen. Bei der Festnahme holte einer der Polizisten eine Phiole aus seiner Tasche, eine wie die im Garten vergrabene, und hielt sie dem völlig überrumpelten und verhinderten Herrn Pfarrer unter die Nase. Er wurde leichenblass, als er erfuhr, dass diese aus dem Klostergarten stammt. Aufgefordert, das Glas an die Lippen zu führen, bekam er es mit der Angst zu tun, Schweißperlen rannen ihm von der Stirn, widerstandslos konnte er abgeführt werden.

Eines muss noch erzählt werden: Luis P. und Claire haben sich gemeinsam auf die Suche nach einem Versteck in einer polnischen Kirche gemacht, klammheimlich. Nur Max wusste Bescheid, für alle Fälle.
Es war mehr, um Gewissheit hinter das Gerücht zu bringen, das sich so hartnäckig gehalten hat, dieses Versteck, das im Krieg angelegt worden sei. Und vornehmlich die Neugier war es, die beide zu dieser Reise bewog.

Ob sie es gefunden haben, ist nicht bekannt. Beide haben nie darüber geredet, haben nur erwähnt, dass es eine lehrreiche Woche war, in der sie auch Bekanntschaft mit der polnischen Polizei machten.

Die Mutter Oberin hat als verspätet aufgetauchte Erbin den gehobenen Kunstschatz dem Orden vermacht.

In der Wochenausgabe der Oberländer Rundschau ist ein ausführlicher Artikel von Luis P. erschienen, in dem er die Geschichte von plötzlich aufgetauchten Fälschungen in seiner talentierten Art schildert.
Luis P. hat mit seiner Arbeit über den Nachlass des Kunstfälschers seine zweite Doktorarbeit eingereicht. Anlässlich seiner Promotion erhält er als Geschenk ein von der Polizeidienststelle gestiftetes nagelneues Fahrrad mit E-Antrieb und von Claire die gerahmte Kopie des Porträts mit dem Mädchenkopf aus dem klostereigenen Kopierer als Andenken.
Antonia wurde das Original Cenninis übergeben. Trotz des hohen Wertes ist es im Familienbesitz geblieben. Mich hat Claire beauftragt, die Geschichte dazu in Buchform niederzuschreiben.

Ende

autor

1957 geboren, aufgewachsen im oberinntal in tirol
seit 1989 innenarchitektur- und ingenieurbüro in landeck.

2019 debüt »zweiter anlauf« ein tirolkrimi, im innsalz-verlag, oberösterreich. ISBN 978-3-903154-95- 7

2020 »der schnee von morgen« ein tirolkrimi auf reisen, innsalz-verlag. ISBN 978-3-903321-22-9

einzelausstellungen bildnerischer werke

karl gitterle

zweiter anlauf

ein tirolkrimi

eine noch unerfahrene absolventin der polizeischule wird für einen routineeinsatz an den fundort eines lawinenopfers geflogen und schickt den leichnam gleich zur weiteren untersuchung in die pathologie. mit dieser reaktion löst sie unverständnis im wintersportort aus, der wegen der talsperre angesichts der lawinengefahren berstend überfüllt mit touristen ist. bei ihren ermittlungen stösst sie auf ungereimtheiten und auf eine mauer des schweigens. sie zweifelt auch selber an ihrer theorie und wird prompt von ihrem vorgesetzten wieder zurückbeordert.
erst auf drängen ihres kollegen, des alpinpolizisten korbinian, ermittelt sie weiter, auf eigene faust und zusammen mit ihrem kollegen, fast immer mit einem fuß in der illegalität. die ereignisse überstürzen sich, und die enthüllungen legen die triebfeder des täters offen.

ISBN 978-3-903154-95-7
2019
www.innsalz.eu

INNSALZ

karl gitterle

der schnee von morgen

im visier dunkler mächte steht ein visionär, dem wichtige formeln bei einem überfall abhanden kommen. von befreundeten
wissenschaftern der klimaforschung stammen die anleitungen für den schneefall in den tiroler bergen auch bei plusgraden.
als ein polizist und ein doktorand nacheinander aus dem gleichen grund sterben, vermutet die polizei großkonzerne und ausländische geheimdienste hinter den ereignissen. der polizeipräsident selbst hat unfreiwillig unterstützung einer tarock spielenden damengruppe bekommen. mit hilfe der kriminalpolizistin claire gelingt schließlich die aufklärung der kriminellen machenschaften.

ISBN 978-3-903321-22-9
2020
www.innsalz.eu

INNSALZ